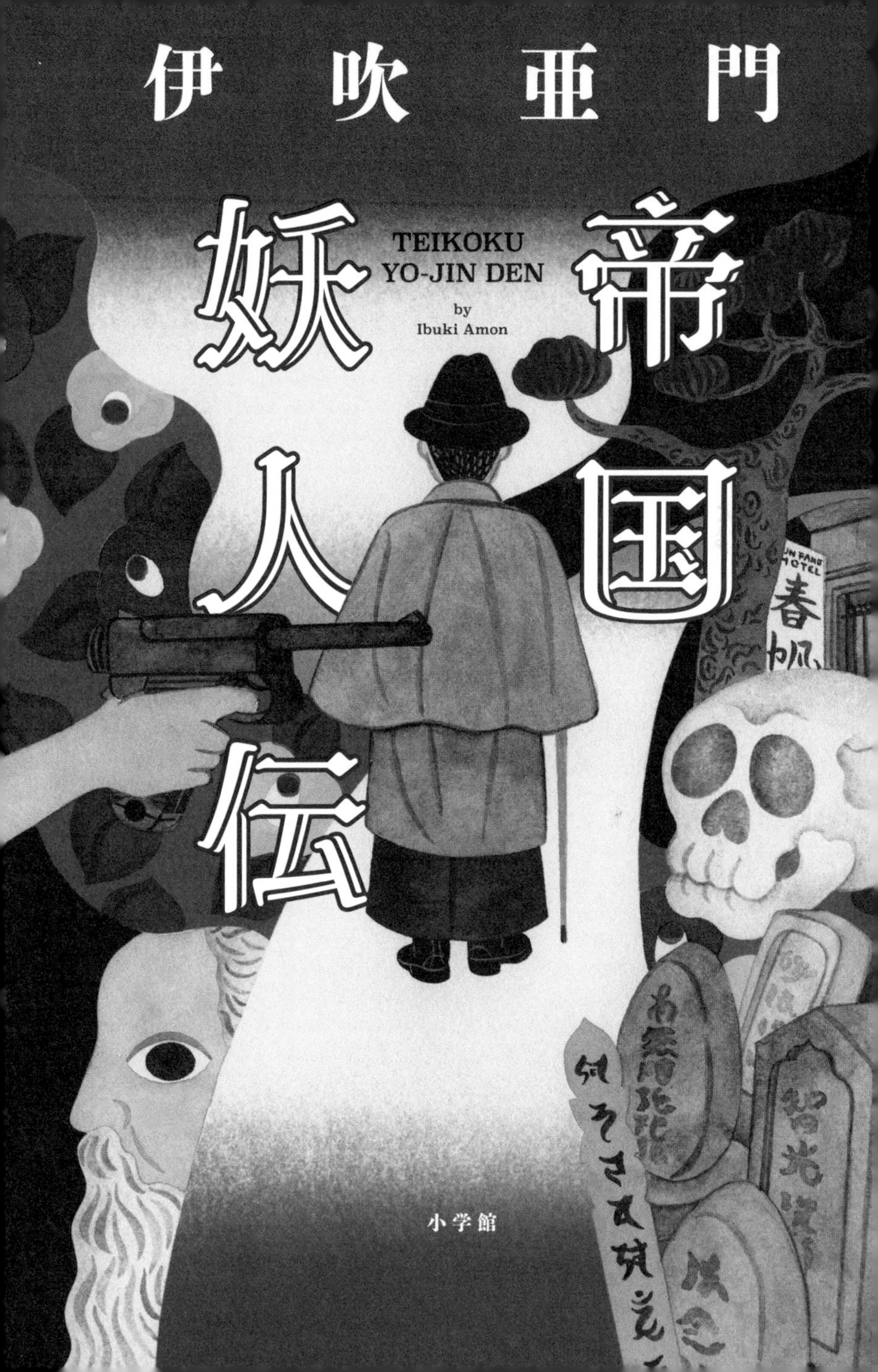
伊吹亜門
帝国妖人伝
TEIKOKU
YO-JIN DEN
by
Ibuki Amon
小学館

帝国妖人伝

TEIKOKU
YO-JIN DEN

by
Ibuki Amon

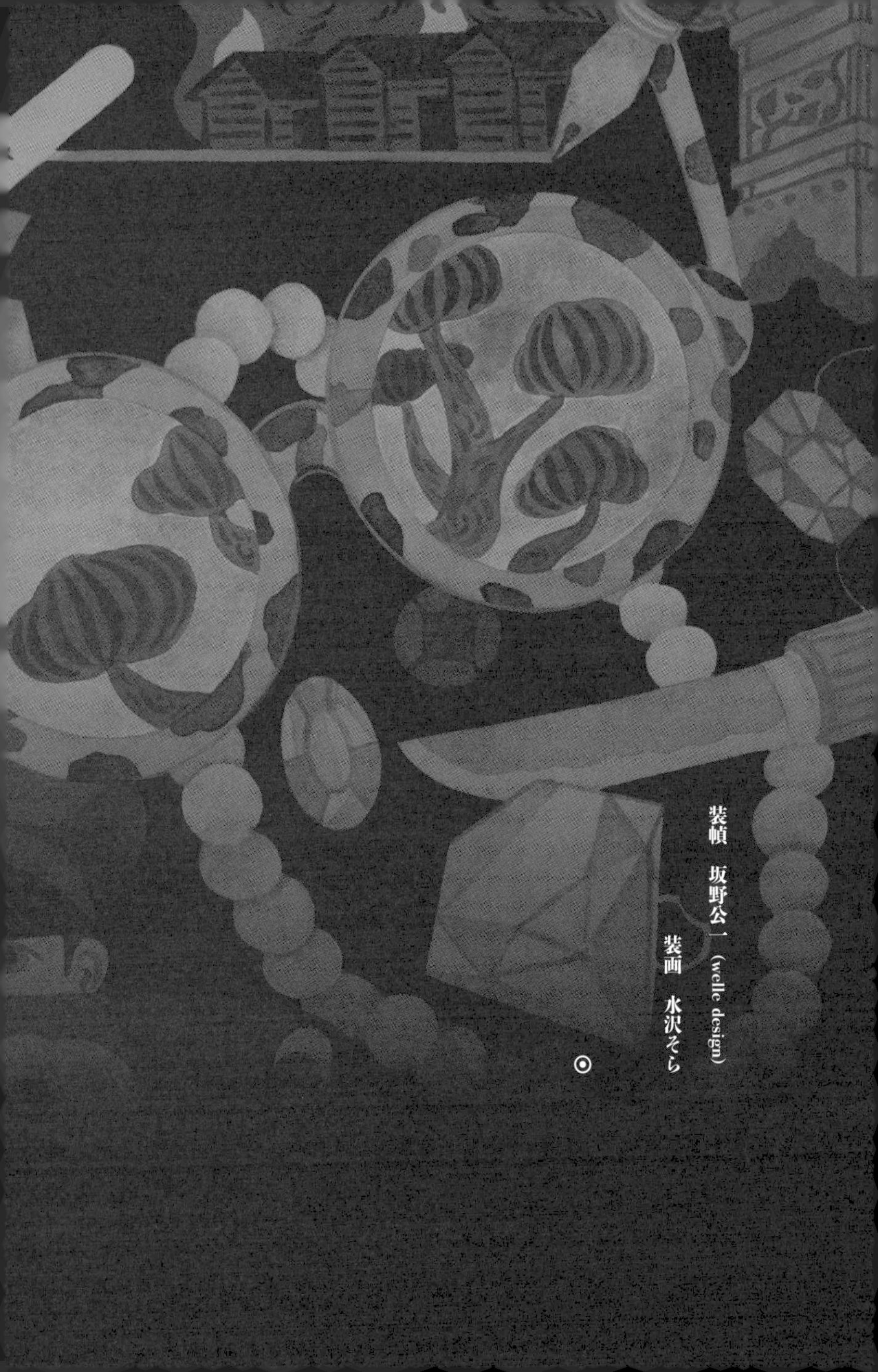

装幀　坂野公一（welle design）
装画　水沢そら

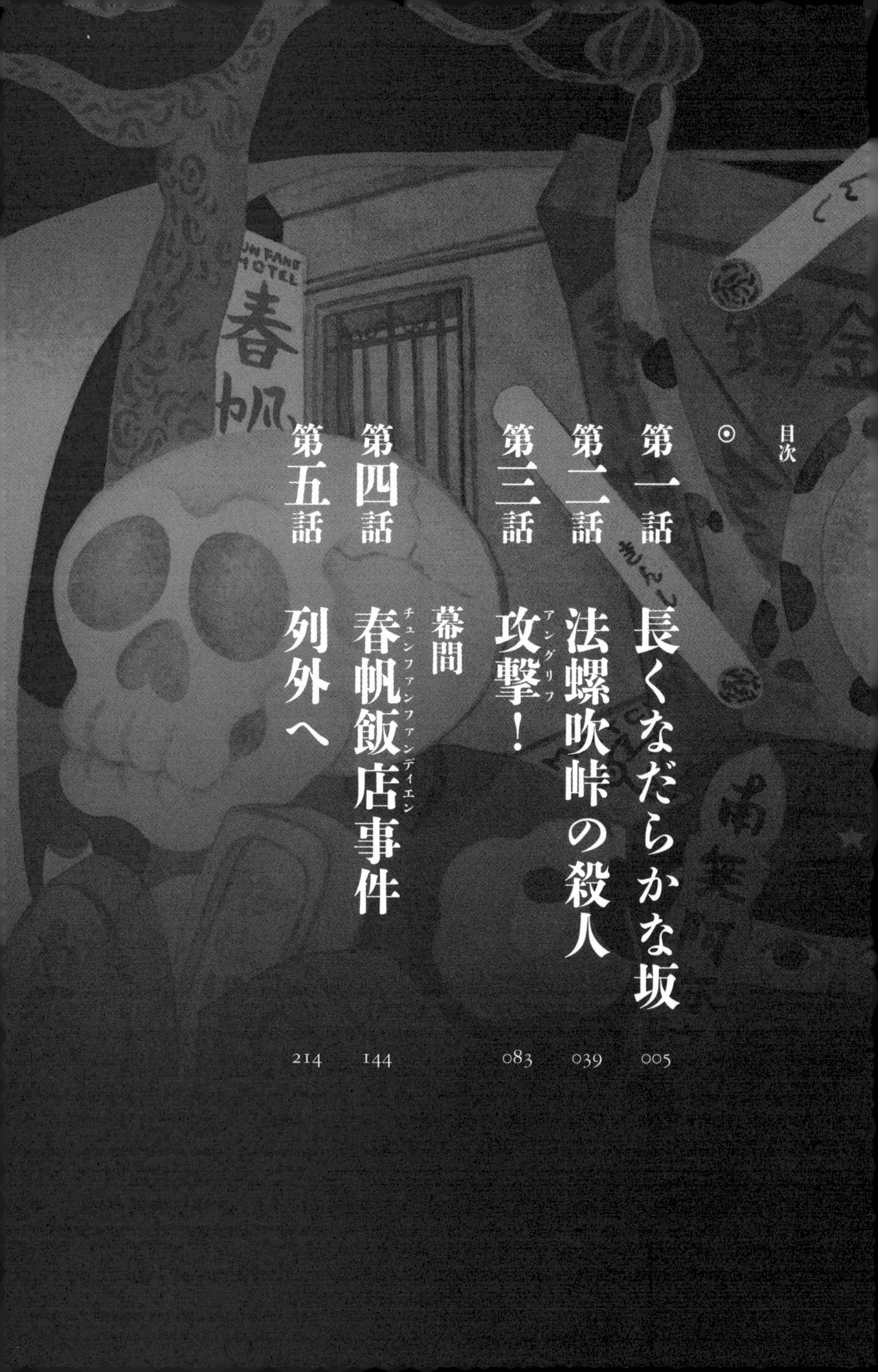

目次

第一話　長くなだらかな坂　005
第二話　法螺吹峠の殺人　039
第三話　攻撃《アングリフ》！　083
幕間
第四話　春帆飯店《チュンファンファンディエン》事件　144
第五話　列外へ　214

神は人間を、賢愚において不平等に生み、善悪において不公平に殺す。

——山田風太郎『人間臨終図鑑』

第一話　長くなだらかな坂

小学校分校の角から左に畝《うね》った坂道に足を踏み入れると、直《す》ぐ右手に墓石が見え始める。寂寞《せきばく》とした墓地の向こうに瑞円寺《ずいえんじ》の仮堂を望みながらなだらかな坂を上り、突き当たりの辻《つじ》を左に折れた先が「小うめ」である。

小うめは、所謂《いわゆる》一膳飯屋だ。流行《はや》りの言葉で云《い》うならば簡易食堂という奴《やつ》か。篦棒《べらぼう》に美味《うま》いという訳でもないが、酒を薄めるような真似《まね》はしないし、何より安い。柳川《やながわ》もどきと稲荷寿司《いなりずし》で一杯やって八銭。臥《ふ》し勝ちだった妻が再び病院に入ったため、専らこれが最近の晩飯だった。

辻を折れた所で竹杖《ステッキ》を休め、ほっと一息吐《つ》く。

辺りはもうすっかり夜の気配だった。少し汗ばんだ身体《からだ》に晩秋の夜気は染み入るようで、私は思わず二重廻《にじゅうまわ》しの襟を掻《か》き寄せた。茲《ここ》数日は日夜愚図《ぐず》ついた天気が続き、今も低く垂れこめた雲が、すっかり空を覆っていた。

縄暖簾《なわのれん》を潜《くぐ》ると、むっとするような人熱《ひといき》れだった。

奥の方から、顔馴染《かおなじ》みの女将《おかみ》がいらっしゃいましと笑顔を覗《のぞ》かせた。私は二重廻しを脱ぎつつ近くの席を陣取り、普段通りの三品を注文した。

卓上に帽子を置いて、それとなく辺りを見回してみる。

いつものように、殆《ほと》んど満席だった。隣近所の席では、労働者風の男たちがわいわいと騒いでいた。私は新しい煙草《タバコ》を摘《つ》まみ出しながら、タネになりそうな小噺《こばなし》はないかと周囲の喧騒《けんそう》に耳を傾けた。

色々な伝手《つて》を頼って『万朝報《よろずちょうほう》』の仕事が貰《もら》えたのは好《よ》いものの、何も浮かばぬまま〆《しめ》切《きり》前夜を迎えてしまった私だった。それも、頼みに頼み込んで二度ばかり延ばして貰った〆切だ。これを破れば、流石《さすが》にもう仕事は廻ってこないだろう。妻の入院費用もあるのだから、それは一寸《ちょっと》困る。

貰った仕事は犯罪実録という触れ込みで、兎《と》に角《かく》奇っ怪でおどろおどろしい事件を採り上げろという注文だった。これでも文士の端くれなので、中身さえ決まれば後は一晩で何とかなるだろうが、肝心の題材が見つからないのではどうしようもない。

巷《ちまた》では、夏頃から盛んに露西亜《ロシヤ》問題が叫ばれ、至る所で対露開戦を訴える辻説法が盛んに行われていた。その熱に焙《あぶ》られて、街の空気もどことなく逆上《のぼ》せあがっているように感じられるのだが、なかなかどうして、面白い事件は見つからない。

確かに刃傷《にんじょう》沙汰《ざた》や心中騒動ならば掃いて棄《す》てるほど転がっているのだが、どうにも食指が動かないのである。何かもっとこう、強烈で、意外性に富んだ凶変は無いものかと、茲最近は只管《ひたすら》帝都各所の辻裏を覗いて廻っているのだが、生憎《あいにく》と何の収穫も得られずにいる。

一寸興味を惹《ひ》かれたのは、昨晩、字内藤反甫《ないとうたんぽ》の徳川《とくがわ》公爵邸に盗人が入ったというものだが、それも蓋を開ければ、徳川公にも家人にもこれと云った被害はなく、その盗人は逃走途中に塀から落ちて死んだとか云うのだから何とも間の抜けた幕引きだった。徳川公という話題性こそあれ、血の一滴も流れていないのではどうにも猟奇味に欠ける。面白可笑《おか》しく書き立てるのならば好い題材たり得ようが、そんな滑稽話はこの那珂川二坊《なかがわふたぼう》が望む所ではない。

煙草を燻《くゆ》らせながら、それにしてもと己《おの》が心に問うてみた——いったいお前は、いつまでこんな三文記事の相手を続ける積もりなのだ？

一高を卒業したのち、博文館《はくぶんかん》で校正係をしながら書いた作品を尾崎紅葉《おざきこうよう》先生に褒めて頂いたのは今から十年以上も前のことになる。

あの時の有難さ、それに昂奮《こうふん》は今でも忘れない。そもそも、私が文学を志した切《き》っ掛《か》けは紅葉先生の『二人比丘尼色懺悔《ににんびくにいろざんげ》』だった。寒々しい風景描写から始まる二人の尼の物語に、私は凄まじい衝撃を受けた。古雅《こが》な文体も然《さ》ることながら、其処《そこ》に描かれた人間心理の不可思議さ、全てが明かされぬまま閉じる物語の面白さに、酷《ひど》く心を動かされたのだ。

こんな小説をもっと読んでみたいと、私は強く思った。そしてそんな願望は、間を措《お》かずしてあんな小説を書いてみたいという欲求に移ろい変わっていった。

私は早速ペンを執り、分厚く綴《と》じた紙束に意気込んで物語の数々を綴《つづ》り始めた訳だが、哀しい哉《かな》、全く届かない。薄いのだ。足りないのだ。日々の生活を営む人間の描写も、繊細にして時に大胆な心の動きも、全てが浅いのだ。

紅葉先生の御推挙を賜ってなお、私は未だ名も無き若輩者である。自作を発表する機会なぞ滅多に無く、当然執筆には常に一筆入魂の姿勢で臨んできた。

それにも拘《かか》わらず、誌面に載った己の文章を読み返す度、私はその浅薄さにやるせなくなった。文章の粗ばかり目について、到底最後まで読み返すことなど出来なかった。

若《も》しかしたら、自分には才能なんて無いのではないか。そんな自問は水のように胸の裡《うち》へ染み渡り、常に心を冷やしていった。そうして私は、次第に今回のような仕事ばかり受けるようになっていた。犯罪の実録ならば事実の羅列のみで片が付き、文章の巧拙に惑わされることもないからだ。

逃げていることは分かっていた。しかし、常に何かしらの依頼が存在する三文記事ならば米塩《べいえん》の資《たすけ》にもなる。もう己《おれ》独りの人生ではないのだから、家族を喰《く》っていかせるのには金が要るのだからと自分自身に云い聞かせ、私は文学というものへ背を向けていた。勿論《もちろん》、本当にこのままで善いのかという思いは、常に肚《はら》の底で燻《くすぶ》り続けているのだが……。

煙を吹き上げつつ隣から聞こえてくる喧嘩《けんか》話に耳を傾けていると、料理が運ばれてきた。

煙草を棄て、早速平皿の柳川もどきに手を着ける。

塗《まぶ》された山椒《さんしょう》の香りに、頬の内側がきゅっと鳴った。どろどろの玉子に交じった骨ばかりの泥鰌《どじょう》や芯の残った牛蒡《ごぼう》が、歯応えもあって中々《なかなか》美味い。いい加減顎が痛くなるまで噛《か》み砕いた後で玉子と一緒に呑《の》み込めば、温かい物が食道を落ちていく様がはっきり感じられた。

間髪を容《い》れずに茶碗酒《ちゃわんざけ》を流し込む。口中が爛《ただ》れるようになりながらも、冷えて草臥《くたび》れた身体は見る見る内に温かくなっていった。

込み上げる噫《おくび》を口のなかで殺し、私は箸に持ち替えた。骰子博打《さいころばくち》に端を発した左官同士の喧嘩話に混ざって、癖の強い京訛《なま》りが耳に飛び込んで来た。隅の席では、度の強そうな眼鏡を掛けた青年が、箸の先で焼き魚を突《つつ》きながら何かを呟《つぶや》いていた。どうやら焼き加減が気に入らないようだ。

拍子抜けする一方で、喧嘩話は丁度佳境に入る所だった。こちらとてそれほど血湧き肉躍るという訳でもないが、青魚の焼き方に関する蘊蓄《うんちく》よりかはまだ使い道もあるだろう。若しかしたら、茲から劇的に面白くなるのかも知れない。

そんな一縷《いちる》の望みに縋《すが》りながら稲荷寿司を切り分けていると、不意に徳川様という単語が聞こえた。

後ろの席では、二人の男が背を向けて小鍋を突いていた。首を動かしてその横顔を覗いて見る。大柄な方は、格蔵《かくぞう》という馴染みの俥夫だった。

格蔵はじろりと此方《こちら》を睨《にら》んだが、相手が私だと気付き、直ぐに、先生じゃありませんかと黄ばんだ歯を覗かせた。

「おう清吉《せいきち》、この人ァな、那珂川二坊ちゅう偉い作家の先生だ。先生、こいつァ清吉ちゅうて、長屋で俺ンとこの隣に越して来たばかりの奴なんです。まだ右も左も分からねえ田舎《いなか》もんですが、どうぞ可愛《かわい》がってやってください」

格蔵の隣にいたのは、人の好さそうな顔をした小柄な青年だった。清吉と呼ばれたその青年は穏やかな笑みを浮かべ、小さく頭を下げた。

「蘆田《あしだ》清吉と申します。どうぞよろしくお願いします」

「うん、私は那珂川という者だ。学生さんかい」

「いえ、明後日《あさって》から裁判所の筆耕《ひっこう》として働くことになっています」

「こいつはね先生、おッ母さんを楽させてやろうってンで名古屋から出てきたんですよ。こいつのおッ母さん、今は徳川様のお屋敷で女中をしてるんですがね」

「ほう、徳川公の。昨日の晩に強盗があったみたいだが大事は無かったのかね」

そいつですよと笑顔を綻《ほころ》ばせ、格蔵は清吉の肩に手を回した。

「実はね先生、その盗人をとッ捕まえたのがこの清吉なんでさァ」

「えっ」

「そうなんですよ。なァ清吉？」

清吉は色白なその顔を赤らめ、恥じ入るような表情で頷《うなず》いた。思わず身を乗り出した私の頭に、或《あ》る妙案が天啓のように降りてきた。

勿論、万朝報の記事である。単なる強盗事件を描写したのでは面白くないが、同じ事件でも、これを犯罪の発見という観点から見つめ直したのなら、また趣向が変わってくるに違いない。それに盗人の方は逃走途中に死んでいる。若し目の前にいるこの気立ての好さそうな青年がその死に関わっているのだとすれば、それはそれで猟奇的ではないか。

「おい格さん、何とも凄《すご》い偶然じゃないか。実はね、丁度私はあの事件のことを書いて呉《く》れって新聞社から頼まれていた所なんだよ」

「本当ですかい。おい清吉よかったなァ、お前ェこれでまた有名になれるぞ」

いつの間にか私たちの周りには、先ほどまで丼飯を掻《か》っ込んでいた半纏《はんてん》姿の男たちが興を唆《そそ》られた顔で集まっていた。

私は懐《ふところ》から手帳を取り出し、清吉に向ける。

「そういう訳だから、清吉君、是非その時の話を聞かせて呉れないか。勿論礼はする。おい格さん、此処《ここ》の飯代は私が出そうじゃないか」

「や、先生そいつァ申し訳ないですよ」

「構いやしないさ」

清吉は困惑した顔で私達の遣《や》り取りを眺めていたが、格蔵から再び促され、遂《つい》には観念した顔で自らの身上を細々と語り始めた。


――わたしが母と生き別れになったのは、確か十三の時分だったと思います。

父は、名古屋は橘《たちばな》町の東別院《ひがしべついん》で寺男をしていたのですが、清国との戦争が始まった年の冬に風邪を拗《こじ》らせて命を落とし、母は簡単な葬儀を済ませますと、わたしたちには何も告げずに外出《そとで》して、それきり帰って来ませんでした。

初めは、何か事故にでも遭ったのではないかと酷く心配をしていたのですが、どうも近所の者達の話からするにそうではなく、独りで東京に向かったようだということが分かりました。いえ、目的や詳しい行先までは分かりません。東京では叔父、つまり母の弟が商売をやっておりましたから、其処を頼ったのではないかとも思いましたが、真逆《まさか》追いかける訳にもいきませんでした。そんなお金なんてありませんでしたので。

直ぐに頼れるような親族も近くにはおらず、長兄だったわたしは、兎に角、未《ま》だ幼かった弟たちを食わせていく必要がありました。そのために高等小学校を辞め、別院さんの紹介で、名古屋の控訴院に給仕として勤めることになったのです。

それから九年は働いたでしょうか。弟たちがそれぞれ独り立ちしたのを見届けてから、わたしは勤め先に辞表を出し、上京を決意しました。勿論出奔した母を捜すためです。

自分たちを棄てた女など放っておけばいいと弟たちは云いましたが、そうは云ってもこの世にひとつきりの家族です。わたしは矢張り諦めきれず、こつこつと貯《た》め続けた幾許《いくばく》かの蓄えを懐に東海道線に飛び乗りました。

新橋駅に着いてから、先《ま》ず訪ねたのは叔父でした。彼ならば、母の居所も知っている筈《はず》だと思ったのです。わたしは昔の年賀状を手に向島界隈《むこうじまかいわい》を訪ね歩いて、何とかその日の内に、地蔵坂で下駄屋を開いている叔父の家に辿《たど》り着くことが出来ました。

予《あらかじ》め訪ねる旨の手紙を送っていましたから、叔父はわたしを歓迎して呉れて、また母が、今は千駄ヶ谷の徳川公爵邸で女中頭を務めているということも教えて呉れました。名古屋から出て来た母は矢張り叔父を頼り、一時期は其処に寝食して仕事を捜していたようなのです。

わたしたちのことですか？　ええ、どうやら母は、わたしたちを里子に出したと説明していたようです。わたしは、はい、そういうことにしておきました。それが、今から丁度三日前のことです。

一泊したのち、わたしは朝一番で叔父宅を発《た》って、母がいるという徳川邸を目指しました。

一石橋《いっこくばし》から外堀の流し舟に乗って飯田橋《いいだばし》へ向かい、飯田橋からは甲武《こうぶ》線の汽車で新宿へ、其処から先は、兎に角足を使ってお屋敷を捜しました。

往来や店先で尋ねながら只管歩き廻り、何とか門前に辿り着いた頃には、もう陽《ひ》も傾きかけていたと思います。

あの大きな門構えを前に気後れはしましたが、それでも、わたしは意を決して門戸を叩《たた》きました。

当たり前ですが、初めは玄関番の方も、土埃《つちぼこり》に塗《まみ》れたわたしの姿に眉を顰《ひそ》めていました。それでも、当家に御奉公中である蘆田ミツの息子である旨をわたしが述べますと、玄関番の方は一寸驚いたような顔になって奥へ戻られました。

どれほど待ったでしょうか。お屋敷からは、眼鏡をお掛けになった着流し姿の大柄な男性が、召使らしき方を数名連れて出てこられました。それが、何とも意外なことに徳川公ご本人だったのです。

わたしは全く驚いてしまいまして、直ぐに退去しようとしたのですが、公爵はそんなわたしをお呼び止めになり、遠路遥々《はるばる》母親を訪ねるとは中々感心な若者だと、また、若し疲れているのなら中で休んだらどうだというお言葉を掛けて下さいました。

それはもう畏れ多いことでして、わたしは虫のように平伏しておりましたが、直ぐ召使の方に案内されて、お屋敷の奥にある控えの間のような部屋に上げて頂き、冷えたソーダ水を与《あずか》りました。そして其処で、わたしは召使の方から、生憎なことに母が今は鎌倉へ遣いに出ていて、暫《しばら》くは不在だということを教えられたのです。

徳川公のご厚意にただもう呆然《ぼうぜん》として仕舞《しま》っていたわたしですが、流石にそれは衝撃的で、矢張り気落ちせずにはいられませんでした。そんなわたしの姿を憐《あわ》れに思って下すったのか、召使の方が、数日内には戻るだろうからまた訪ねて来るようにと云って下さいましたので、わたしは重ねて礼を述べ、お屋敷を後にしました。

兎にも角にもこれで母の居場所が分かりましたから、わたしは翌日から家や職捜しに奔走しました。

先ず、名古屋控訴院時代の上役で、今は東京地方裁判所の検事局で監督書記を務めている野定《のじょう》さんという方をお訪ねして、裁判所筆耕の勤め口を紹介して頂きました。わたしはその足で千駄ヶ谷に戻り、此処から少し離れた長安寺《ちょうあんじ》というお寺さんの裏手にある長屋に家を借りました。ええ、格蔵さんのお隣ですね。

紆余曲折《うよきょくせつ》こそありましたが、何とか望む場所に落ち着けたという気持ちでした。広い家ではありませんが、わたしは此処に母を迎え、いずれは名古屋の弟たちも呼んでやろうと考えています。

ええ、そうです。話が長くなりましたが、わたしがその盗人を徳川邸の塀に見たのは、その晩のことでした――。


口早に喋り続けた清吉は、コップの酒を少し含んでから、ところで先生と私に顔を向けた。

「いま申し上げたお話なのですが、どうも母が鎌倉へ遣られたのは大事な用件のようでして、其処は伏せておいて頂けますでしょうか、そうでないと、徳川家の方々だけでなく、先生にも御迷惑をお掛けすることになるやも知れませんから」

私は構わないと頷いた。其処を端折《はしょ》っても、話の本筋には関係ないだろう。清吉は安堵《あんど》した顔で話を続けた。

「最初に目についたのは、長い梯子《はしご》でした。一間はあったでしょうか。それが、凸凹《でこぼこ》した畦道《あぜみち》からお屋敷の高い塀に向かって立て掛けられていたのです」

「人影は？」

「ありませんでした。お恥ずかしい話ですが、それは独りで祝杯をあげた帰りのことでして、わたしも大分と酔っていたのです。ですからその梯子を見た時も、初めは植木屋が仕舞い忘れたのだろうとしか思いませんでした。丁度その梯子の先には、塀の中から伸びる一本の大きな枝が覗いていましたので」

植木屋はよかったと周囲で笑い声が上がる。清吉は首を竦《すく》めた。

「徳川公のお屋敷は箆棒《べらぼう》に広いけれども、君が梯子を見たというのは、そりゃどの辺りだね」

「御苑《ぎょえん》の南を歩いていたのですが、塀に沿って途中で何度か折れましたから、どうでしょう、茶畑が広がっていたのは覚えているのですが」

北ノ脇《きたのわき》だと格蔵が云った。

「北ノ脇ならお屋敷の南側ですよ先生。確かにあの辺りァ田畑ばかりで人家も碌《ろく》にない寂しい処《ところ》ですからね。忍び込むにゃもってこいだ」

「成る程。……いや失敬、話が逸《そ》れた。それで、梯子を見つけてからどうなったんだ」

「最初は気にも掛けず通り過ぎたのですが、少し行った所で、どうも梯子が置きっ放しというのは可怪《おか》しいぞと気が付きました。それで振り返りますと、丁度その時、件《くだん》の枝の陰から、大柄な男が塀に足を掛けている姿が目に入ったのです。わたしは、直ぐにそれが盗人だと分かりました」

「それは何故《なぜ》?」

「覆面みたいに、黒い頬被《ほっかむ》りをしていたからです。男は塀の上で身を屈《かが》めて、そのまま梯子伝いに降りようとしていました。わたしは直ぐに飛んで行って、何をしているんだと怒鳴りつけてやりました。男も流石に驚いたようで、暫くの間は上と下で睨み合いが続いたのですが、わたしはその態度にいよいよ盗人だという確信を強めましたから、何としてでも取っ捕まえてやろうと思ったのです」

「中々豪気じゃないか。体術には自信があったのかい」

清吉は含羞《はにか》み、鼻頭を掻いた。

「そんなことはありません。ご覧の通り貧弱な身体ですが、その時はもう必死だったのです。しかし、此処が徳川公のお屋敷だということは分かっていましたから、昨日のご厚意に報いようという思いはありました。兎に角わたしは梯子に手を掛け、男の所まで上っていこうとしました。すると男はわたしに向かって何かを怒鳴り、上から出刃包丁を投げつけてきたのです」

清吉は左手の袖を捲《まく》って見せた。前膊《ぜんはく》には、未だ真新しい包帯が巻かれていた。

「咄嗟《とっさ》に身を捩《よ》じって避けたので、掠《かす》った程度で済みました。わたしは直ぐに梯子を摑《つか》み直して上がろうとしたのですが、男は出刃を投げつけた時の弾みで体勢を崩し、わっと叫び声を上げながらわたしの横を落ちていきました。わたしは、大きな音を立てて地面に落ちたその人影に、無我夢中で飛びつきました。男の方も摑み掛かって来ましたので、それはもう必死で取っ組み合っていますと、向こうの方に小さな灯《あか》りとそれを提げた人影が見えたのです。男の腕を押さえながら来て呉れ盗人だとわたしが声を上げましたところ、何とも幸いなことに、それは警邏《けいら》中の巡査でした」

「それで盗人は」

清吉はきゅっと唇を結び、重々しく頷いた。

「それなんですが、揉《も》み合っている最中に、突然動かなくなったのです。ううんと呻《うめ》いたかと思うと、急にぐったりとなって駆け付けた巡査の灯りで見たところ、奴は白い眼《め》を剝《む》いて既に事切れていました」

「死んでいたのか。吃驚《びっくり》しただろうね」

「それは勿論。わたしが殺してしまったのかと酷く驚きましたが、どうも落ちた時に頭を強く打ったのが原因のようで、こと無きを得ました。矢張り、駐在所でそれを教えて貰うまでは、戦々恐々としていましたが」

その時のことを思い出したように、清吉は小さく息を吐いた。

格蔵はその隣で腕を組みながら、天罰だなと頷いた。

「格さんはその盗人のことを知ってるのかい」

「其奴《そいつ》ァ辰三《たつぞう》って、札付きの与太者なんですよ。兄貴分を殴り殺したとか、因縁つけて商家の娘を無理矢理囲ったとかね。先頃お上にしょっ引かれて戻って来たばっかりなんでさ。まァ死んで当然の男ですよ、お前らもそう思うだろ」

周りの男たちも、小気味の好さそうな顔でしきりと頷いている。私は鉛筆の先を舐《な》め、その旨を手帳に書き記した。

「徳川邸に被害はなかったと聞いたが、辰三は何も盗まなかったのだろうか」

「いいえ、あの男は五円ばかり盗んだようです」

「吃驚するでしょう先生。俺もポリ公たちが喋ってるのを聞いたンですがね、どうやら辰三の懐からは、皺くちゃの一円紙幣数枚と銀貨がじゃらじゃら入った革袋が見つかったそうなんですよ。そりゃ確かに五円と云やァ我々には大金ですけどね、天下の徳川屋敷に忍び込んで五円ばかりたァ、随分と拍子抜けじゃないですか」

「分からんぞ。云ったところで徳川家は朝敵だ。実情は火の車なのかも知れん」

違《ちげ》ェねえと笑い声が上がった。清吉も困ったような顔で笑っている。

「それで？　辰三が死んでいたと分かって君はどうしたんだね」

「巡査と一緒に近くの駐在所まで行って、ことの次第を説明しました。ですが、格蔵さんが仰《おっしゃ》る通り、死んだその男が名の知れた悪漢だったのでわたしの話もすんなりと信じて貰えて、直ぐに帰ることが出来ました」

「こいつの活躍は徳川様にも直ぐに伝わったみたいでしてね。今朝には家令だっつう黒紋付の旦那が重箱に牡丹餅《ぼたもち》詰めて持って来たんですよ」

格蔵は太い腕を伸ばし、清吉の肩を強く叩いた。

「ご母堂も喜ばれることだろう。未だ鎌倉からお戻りではないのかね」

清吉は視線を下げ、小さく顎を引いた。

「どうです先生、使えそうですかい」

手帳に記したことの次第をざっと眺めながら、私は大きく頷いた。

「そうだね、その辰三って男の悪漢ぶりと清吉君の活躍譚《たん》を混ぜ合わせたら、中々どうして面白い記事になると思うが――」

「いやァ、そりゃ違《ちゃ》いますやろ」

背後から響いた甲高い声が私を遮《さえぎ》った。驚き振り返ると、先程焼き魚に文句をつけていた例の青年が此方《こちら》を向いていた。

綿服に綿の袴《はかま》という粗末な身形《みなり》の彼は、急に耳目《じもく》を集めたことを恥じるように頬を引き攣《つ》らせ、のろのろと頭を下げた。

「話の腰を折ってえろうすんません。せやけど、あんまり可笑しな話をされてますさかい、ついつい要らん口ききました」

「何だおめェは。何が可笑しいんだ」

眉を顰める格蔵に、青年は嘲るような笑みを唇の端に滲《にじ》ませた。

「あんた、格蔵さんでよろしいか？　可笑しな話は可笑しな話ですがな。この辺りじゃもう昼前からどこの店入ってもその話で持ち切りだすなァ。せやから僕もよう聞かせて貰いましたけど、そうかて今の清吉さんの話、辻褄《つじつま》が合《お》うてへんことばっかやおへんか」

「辻褄って君、それはどういう意味だね」

「へェ、那珂川先生は作家やのに気付かはらへんのだすか。こら意外や」

青年はぼそぼそとした声でそう云って、湯呑《ゆのみ》の茶を啜《すす》った。

「丁度ええ。一寸格蔵さんにお訊《き》きしますけど、清吉さんはあんたのお隣に家借りはったらしいですな。それ、何時《いつ》のことやったか覚えたはりますか」

「何時って昨日、いや一昨日《おととい》だったか？　それが何だって云うんだ」

格蔵は戸惑い顔で清吉を見た。清吉は何か云いかけたが、それよりも早く青年が畳み掛けた。

「一昨日の何時頃だすか」

「挨拶に来たのは昼過ぎだったと思うが。おい、それが何だッつうんだ」

「今の清吉さんの話やと、家借りはったんは昨日やった筈でっせ。そうかて、実際は一昨日やった。しかも昼過ぎゆうことになると、そら清吉さんが徳川公のお屋敷を訪ねはる前やったゆうことになりますわな。清吉さん、どないしてそないな嘘吐《うそつ》かはりましたん？」

待ち給《たま》えと私は慌てて割り込んだ。

「君はいったい何者だ。警視庁の刑事か」

「へェ、そんな大層なもんやあらしまへん。福田房次郎《ふくだふさじろう》ゆう、只《ただ》の書家だす」

房次郎と名乗ったその青年は、平然とした顔でまた茶を啜った。

「ああ、あとな清吉さん。あんたのお母はんは未だ鎌倉から帰って来やはらへんのだしたな？　それ、ほんまだすか」

薄気味悪げな表情を浮かべた清吉は、それでもああと答えた。

「左様だすか。せやたら、しつこいようですけど、いま僕が徳川公のお屋敷訪ねても、蘆田ミツゆうお女中さんはいやはらへんのだすな？」

「き、君はいったい何が云いたいんだ」

叫ぶような清吉の問い掛けには答えず、房次郎は徐《おもむろ》にそののっぺりとした顔を私に向けた。

「那珂川先生、どうせ記事にしやはるんなら、これから僕の話すこと書いた方が盛り上がりまっせ」

「どういうことだね」

「いや、その辰三いうん殺さはったん、清吉さんやないかて僕は思てるんですわ」

絶句する私に、房次郎は面白そうだっしゃろと邪《よこしま》な笑みを零《こぼ》した。

「お、おい！　おめェは何を云い出すんだ。辰三が梯子から落ちたのは自業自得だろうが。それを殺しただなんて――」

「違《ちゃ》います」

怒りよりもむしろ呆《あき》れた声で怒鳴る格蔵を、房次郎は冷然と遮った。

「清吉さんの話は、丸きりの嘘や」

「何を云うんだ！」

清吉は憤然とした顔で立ち上がった。

「き、君は、君は何を根拠にそんなことを……！」

「せやたら教えて下さい。あんたと揉み合うた時、辰三はどんな恰好《かっこう》してました」

「黒っぽい筒袖に股引《ももひき》を穿《は》いていた。それに覆面だ。嘘だと思うなら巡査に訊いてみろ！」

「股引ゆうんは何色だすか？」

黒だと怒鳴る清吉に、私はふと違和感を覚えた。

「待てよ清吉君。すると君は、どうして辰三の姿を捉えられたんだい？」

清吉は頬を張られたような顔になった。房次郎は頬杖《ほおづえ》を突き、先生の云う通りですわと笑みを浮かべた。

「昨日も一昨日も雲が出て、月なんかまるで見えんような夜天でした。しかもあんたが辰三の姿見掛けたんは、だだッ広い茶畑の畦道で、当然街灯なんかもあらしません。鼻摘まれても分からんような暗闇のなかで、よう全身黒装束の男が遠くから見えましたなァ？」

清吉は何度も吃《ども》りながら、灯りだと怒鳴った。

「夜道は暗かったから、店で借りた灯りを持っていたんだ！」

「そら益々《ますます》可怪しいわ。真っ暗な中で灯り持ってはったんなら、そら辰三からも見えた筈や。あれは盗人でっせ？　当然、それが見えんようになるまで塀の上に出てくる筈おへんやないか」

清吉の顔からはすっかり血の気が失《う》せていた。格蔵も周囲の男たちも、そんな清吉の姿に目を瞠《みは》った。

私は房次郎に向き直る。

「福田君。君はさっき、この清吉君が辰三を殺したんだと云ったね。それに、彼のご母堂が鎌倉から帰っているとかいないとか。いったい何がどう関わってくるんだ」

「僕、その辰三ゆう男が徳川邸に忍び込んだんは、清吉さんに唆《そそのか》されたからやないかて思うてますねや」

「何だって！」

腰を浮かしかける私を横目に、房次郎は頰杖を突いたまま指先で湯呑の縁を撫《な》で始めた。

「僕が引っ掛かったんは、清吉さんのお母はんが鎌倉行かれたゆう話でした。清吉さんは先生に、それは新聞に書かんで欲しい云いましたやろ？　若し本当に云《ゆ》うたあかんのやったら、別に云わんでも良かった筈や。それでも十分に話は繫《つな》がるんやから。そうかて態々《わざわざ》それを云わはった。そら何でなんやろて思た時に、ふっと浮かんだんは、清吉さんは、お母はんに会《お》うてへんことにしたかったんやないかゆうもんだした」

「なら、ご母堂はお屋敷にいらしたと云うのか。それで本当は会っていたと……？　分からんな。そこで嘘を吐いて私たちを騙《だま》したところで、彼に何の得があるんだ」

「清吉さんが、何のためにお屋敷を訪ねはったんか考えてみて下さい」

「そりゃご母堂を訪ねるためだろう。それで一緒に暮らすためだと」

そうだすなァと房次郎は頷いた。どこか、気怠《けだる》げな顔だった。

「そのために清吉さんはお金も貯めて、予め家も決めて、意気揚々とお屋敷の門を叩かはった。きっとお母はんは自分を温かく迎えて呉れる筈やと信じて疑わへんかったから。そうかて、若しお母はんの態度が、そんな清吉さんの思てたもんと違《ちご》てたとしたら、どうでっしゃろ」

意味が分からずに、私と格蔵は顔を見合わせた。

清吉は色を失《な》くすほど強く唇を結び、凄愴《せいそう》な表情で房次郎を睨んでいる。無情な瞳でそんな清吉を見返していた房次郎は、ゆらりと私たちに顔を向けた。レンズ越しの眼差《まなざ》しにははっきりと侮蔑の色が刷《は》かれていた。

「ヘェ、分からはらへんのだすか。……せやなァ、そしたら、遠い所をよう来た、えらい大きなって、あん時はお前たちをほっ放《ぼ》り出したりして済まんかったなァて、そんな言葉を期待して会《お》うたお母はんが、若し、何しに来たんやて冷たい言葉で自分を突っ撥《ぱ》ねたとしたら、先生はどう思わはります？」

「それは、腹も立つだろうか」

房次郎は無感動な顔で首を横に振った。

「それが出来たらええんですけど、出来《でけ》へんかった。……せやから清吉さんは、ど、ど、どうしたら褒めて貰えるかを考えた」

紙を握り潰したように、清吉の顔が大きく歪《ゆが》んだ。房次郎は間を置かずに畳み掛ける。

「清吉さんは考えて考えて考え抜いた。それで漸《よう》やっと思いついたんが、お母はんの目の前で何か手柄を立てればええゆうもんやった——例えば、勤めたはるお屋敷に忍び込んだ盗人を、その手で捕まえるとか」

真逆と格蔵が立ち上がる。

「それで辰三を唆したッつうのか！　そんな莫迦《ばか》な」

「お屋敷を訪ねた時、清吉さんは奥にある控えの間ァに通されたて云《ゆ》うたはりましたな？　つまり、一度は屋敷の中を通ったはる訳で、或る程度は間取りも分《わ》こてたことになります。それを図面に描き起こして持ち掛けたんなら、相手も乗り易《やす》い筈ですわなァ」

「待ち給え福田君、それは無茶だ。辰三を唆して忍び込ませるのはいいが、そんな辰三を官憲に引き渡したら、自分から持ち掛けたことがばれてしまうじゃないか。本末転倒だよ」

「流石先生、頭の回転が速い。そうかてそれは、飽くまで辰三を生け捕りにした場合の話ですわ」

房次郎は平然と云い放った。思わず手に力が籠もり、鉛筆の芯が折れる。私は慌てて懐から別のペンを取り出した。

「そ、それじゃあ彼は、初めから辰三を」

「話されて困るんなら、口が利けへんようにすればええだけの話。それほど難しいことやあらしません。下から梯子を支える振りして途中で思い切り揺らしたったら、誰でも落ちますわ。一発では死なんでも、どうせ直ぐには動けへんのやから、そこいらに落ちてる石で頭殴ればええだけの話だっしゃろ。傍目《はため》には分かりまへん」

私は思わず清吉を振り返った。蒼褪《あおざ》めた顔のまま口元を戦慄《わなな》かせていたが、そこから言葉が結ばれることは遂になかった。

　房次郎はそんな清吉を一瞥《いちべつ》し、淡々と話を続けた。

「すんまへん、話が逸れました。兎にも角にも図面を手に丁度ええような破落戸《ごろつき》を捜した結果、清吉さんは辰三と知り合《お》うた。それが昨日の昼頃だっしゃろか。家借りはった日ィ誤魔化さはったんも、本当は何してたんか云《ゆ》えへんからと違《ちゃ》います？　裁判所の筆耕ゆうんも怪しいわ。清吉さんみたいにかっちりしたはる人やったら、名古屋にいやはる時分から手紙でも送らはって予めお願いしたはるような気ィしますしな。現に、叔父さんにはそうしたはるんやから」

　ところでと房次郎は格蔵に顔を向ける。

「格蔵さんは辰三の人柄についてよう知ったはるみたいですけど、えらい荒くれ者やったみたいだすなァ」

「それはそうだが、しかし」

　話に追いつけていない様子の格蔵は、困惑しきった顔で清吉と房次郎を交互に見ている。

「人を殺《あや》めはったこともあるて云うてましたけど、そら本当で？」

「それァ俺も、噂《うわさ》で聞いただけだが」

「もう止《や》めないか！」

　唐突に清吉が吼《ほ》えた。全員の目が彼に集まる。

「格蔵さんも、真面目に取り合うことなんてありません。くだらない。全くの出鱈目《でたらめ》ですよ」

ヘェと房次郎は目を薄くした。

「こら驚いた。まだ認めはりませんの」

「莫迦を云うな！　認めるも何も、全てが君の想像に過ぎないじゃないか」

「灯りも無いのに辰三の姿を捉えはったとか、だいぶと可怪しな話されたはりましたけどなァ」

「なら君は、絶対に見えなかった筈だと云い切れるのか！」

清吉は顔を真っ赤にして怒声を上げた。房次郎は小さく鼻を鳴らし、肩を竦めて見せた。

「そないに声荒らげはるゆうことは、矢ッ張り何か後ろ暗いことがあるんと違《ちゃ》いますの？」

「いい加減にしろ！　君は――」

「まァ確かに、辰三がそないな男やったら、殺さなしゃあないですわな」

腕を伸ばし摑み掛かろうとした清吉は、愕然《がくぜん》とした顔で立ち止まった。

「き、君は」

「僕には分かってますねや」

房次郎の双眸《そうぼう》が、一瞬だけ妙な具合に歪んだ。

「辰三を行かせる訳にはいかへんかったんでっしゃろ」

清吉はこれ以上ないほどに目を瞠り、そして絶句した。

「おい福田君、それはどういう意味だ。説明をして呉れよ」

昂奮と戦慄が綯《な》い交ぜになった感情に突き動かされて、私は房次郎に詰め寄った。

「辰三を行かせる訳にはいかないとはどういう意味なんだ。徳川邸に忍び込んだのは確かに奴なんだろう。違うのか」

「計画が狂わはったんでしょう。せやから辰三は、屋敷に忍び込む前に清吉さんの手ェで殺された。さっきも云いましたけど、梯子の傍《そば》に頭割れた屍体《したい》があったかて、それが上る途中に落ちて死んだのか、それとも下る途中に落ちて死んだのかは分かりまへんからな」

　待てと格蔵が叫んだ。

「そりゃ可怪しい。辰三の懐には盗んだ金があった筈だ」

　私はあッと叫んだ。

「真逆それは、清吉君が自分の金を」

「そうでっしゃろなァ。せやから五円ぽっちやったんと違《ちゃ》いますか？　こつこつ貯めはったのに、何とも勿体《もったい》ないことで」

　全員の目が清吉に向けられた。

　首を折ったまま立ち尽くしていた清吉は、嗄《か》れた声でそんなことはないと呟いた。急に水を浴びせられたような気持ちだった。格蔵は勿論のこと、周囲の男たちや房次郎までも同じ顔をしていた。

「……あれで済むなら、安いもんだ」

　血の気の失せた唇に今にも泣きだしそうな笑みを滲ませて、清吉はふらふらと椅子に頽《くずお》れる。

「せ、清吉、それじゃお前ェは本当に……⁉」

格蔵に肩を摑まれても、清吉は両手をだらりと下げたまま微動だにせず、茫然《ぼうぜん》とした顔で足下に目を落としていた。

半開きの口からは、何の言葉も漏れ出てはこなかった。しかし、魂が抜けたような清吉の顔のなかで、不意にその双眸から大粒の涙が零れ落ちた。

「あの男が、あの男が何て云ったと思いますか」

色白な頰を涙で濡《ぬ》らしながら、清吉は大きく溜息を吐いた。

「殺すしかなかったんです」

私はその言葉に、漸《ようや》く全てを理解した。

清吉は辰三に、屋敷に忍び込んで何かしら金目の物を、それも出来る限り価値のある物を盗んでくることを期待した。しかし、辰三は時と場合によっては殺人すらも辞さない、清吉が考えている以上の兇漢《きょうかん》だった。直前になってその気性を知った清吉は、大いに慌てた筈だ。その賊心が母親に向けられるなどというのは、清吉にとって決してあってはならないことだからである。

そこで清吉は已《や》むを得ず、計画を変更して先に辰三を殺すことにした。盗みを終え、塀を乗り越えて出てくる所ではなく、これから塀を乗り越えようとした所で、下から梯子を外したのだ。

その結果、辰三は地面に落ちて死んだ。清吉は格闘の痕として出刃包丁で己に傷をつけ、後は巡査を呼ぶだけとなったが、ここで問題がひとつ生じた。

辰三は屋敷に忍び込む前に死んだ訳だから、当然、未だ何も盗んではいない。忍び込もうとした所を捕まえるよりも、盗みを働いて出てきた所を捕まえた方が当然有難みも増す訳で、清吉は是が非でも盗品を用意する必要があった。

そうは云っても、真逆自分で忍び込むことは出来ない。そこで清吉は、懐にあった持ち金を有《あ》り丈《たけ》革袋に詰めて、屍体の懐に押し込んだ。それこそが盗品なのだと、後から思わせるために。徳川公のお屋敷に忍び込んだにも拘わらず五円しか無かったのは、そんな理由だったのだ。

水を打ったような静けさを、房次郎の咳払《せきばら》いが破った。

「与太話のひとつや思《おも》てましたけど、清吉さんが話さはるならその方が余ッ程面白そうだすな。ほな僕は退散しまひょか。女将さんおおきに、飯代は此処に置かせて貰います」

房次郎は蝦蟇口《がまぐち》から摘まみ出した銭を卓上に置き、風呂敷包みを抱えて立ち上がった。そして、呆然と立ち尽くす私たちに軽く目礼を残すと、縄暖簾を潜ってさっさと出て行った。

私は二重廻しと帽子を摑んで、慌ててその背を追いかけた。

暖簾を抜けて冷たい夜気に顔が触れた刹那《せつな》、背後ではわっと堰《せき》を切ったように声が上がった。

＊

いつの間にか雲は晴れ、夜空には楕円《だえん》の月が覗いていた。

往来に出て左右を見遣ると、房次郎のひょろりとした背は鳩森八幡《はとのもりはちまん》に続く坂の先にあった。

呼び掛けながらその背を追う。房次郎は驚いたような顔で立ち止まった。

「これは先生、どうされました」

その脇で息を整えながら、私は房次郎の細長い顔を仰ぎ見た。

「どうもこうもないよ。いったい君は何者なんだ」

「何者て、せやさかい書家やて云いましたがな」

「嘘を吐き給え。単なる書家にあんな推理出来る訳ないじゃないか」

「そないなこと云われてもなァ」

「だったら、君は初めから何か知っていたんじゃないのかね？　そうでなかったら、態々《わざわざ》首を突っ込んで来る筈もない」

「そらあの話はもう何遍も耳に入りましたよって。そうかて、彼処《あすこ》まで詳しゅう聞いたんは初めてでっせ」

「それなら、どうして君は清吉君が嘘を吐いていると分かったんだ。例えばほら、あの家を借りた日のこととか」

「ああ、あれだすか」

房次郎の目が不意に薄くなった。

「あら簡単な話や。実はね先生、僕も清吉さんと同じこと考えてましたんや」

「なに」

「はは、よう分からんて顔されてますなァ」

私の混乱する様を見下ろしながら、房次郎は陰気な笑みを浮かべた。

「僕は清吉さんの抜け駆けが許されへんかった。せやから声掛けさせて貰《もろ》たんですわ。ま、歩きながら話しまひょか」

房次郎は手元の風呂敷包みを揺らしながら、ゆっくりと歩き始める。私は帽子を被り直し、その横について坂に足を踏み入れた。

「話し言葉で分からはると思いますけど、僕、生まれは京都ですねや。上賀茂《かみがも》神社の社家の生まれでしてな。ただ、僕が生まれる前にお父はん死なはって、ほんでお母はんも、僕を他所《よそ》に預けて何処か行かはったんです。ね、清吉さんと似てまっしゃろ？」

「それなら君が東京に来たのも」

「へェ、お母はんに会うためだすわ」

房次郎は自嘲気味に笑った。

「先生はさっき、どうして僕が、清吉さんの嘘を見抜けたんかて訊かはりましたな。あれも、僕と清吉さんが似てますさかい、可怪しないかて思たんだす。そら長いこと会《お》うてへんお母はん迎えに行くんなら、ちゃあんと一緒に住む家見つけてから行く筈に決まってますがな。そやないと、気ィ廻してんねやって褒めてまえんねんから」

「それじゃあ君も」

「僕、桜橋《さくらばし》のペンキ屋に従妹《いとこ》が嫁いでますねや。せやから先《ま》ず其処を訪ねて、お母はんが四条男爵様のお屋敷で女中頭したはるって教えて貰《もろ》たんだす。そっから家と仕事の段取り決めて、直ぐに四条様のお屋敷訪ねたんですわ」

房次郎は不意に口籠り、せやけどあかんかったと付け足した。

「ご母堂は、君を歓迎して呉れなかったのか」

清吉と同じ境遇ということはつまりそういうことなのだろう。房次郎は顔を伏せたまま、小さく頷いた。

「金を強請《せび》りたかったんやない。何で行ってしもたんやって罵りたかったんとも違う。謝って欲しかった訳でもないんです。ただ、会いたかった。会《お》うて、大きなったなァて、よう独りで来られたなァて云うて欲しかっただけだした。……いや、言葉も要らんねん。頭撫でて呉れたら、手ェさえ取って呉れたら、僕はもうそれで良かった。それやのに」

房次郎はその続きを捜すように唇を震わせていたが、結局、何も続かなかった。私は黙って頷くより他なかった。

母親に拒絶された房次郎は、何とかその歓心を買うため、あらゆる手段を考えたのだろう。その内の一つに、あの強盗騒動があった。だから房次郎は、清吉の企てが我がことのように理解出来たのだ。

雑多な町並みが途切れて、鬱蒼《うっそう》とした鳩森八幡の森が右手に姿を現した。

私たちの間には言葉も無く、それから暫くの間、くねくねと畝《うね》る細い坂道を並んで上がって行った。夜天を仰ぐと、いつの間にか月は薄い雲に隠れていた。

「せやから、僕は清吉さんを許せへんかった」

房次郎がぽつりと呟いた。

「あんな方法は邪道や。あれで許されようなんて虫のいい話はあらへん。だから、皆《み》んなの前で暴いたったですわ」

房次郎が私の名を呼んだ。熱っぽい口調に顔を向けると、その目は爛々《らんらん》と光って見えた。

「先生は、この話を記事にされますか」

私は咄嗟の返答に窮した。確かに件の強盗事件に房次郎の推理を添えれば、その話題性も相まって抜群に面白い読み物になるだろう。だが、私の胸中には躊躇《ためら》いの気持ちも確かに存在した。

情念である。この事件の根底にあって、房次郎も清吉も敢《あ》えて目を背けながら、それでも未《いま》だ棄て切れず、愚直に抱き続けている、人間の心の一番やわらかい部分から滲み出た、湿っぽく、それでいて切実なその情念に触れることが恐ろしいのだ。

しかし一方で、私が激しく昂奮していることもまた事実だった。そしてこの高《たか》ぶりが、紅葉先生の『二人比丘尼色懺悔』を読み終えた時と同じ感情であることに私は感付いていた。矢張り、情念なのである。

事実をありのままに書き綴る事件記者であるがゆえに怖気《おじけ》づいた房次郎や清吉の感情こそ、かつての私が小説を通じて描きたいと希《こいねが》った、時に悍《おぞ》ましく時に愛おしい、不可思議な人間心理の妙に相違無かった。

犯罪の実録として世に発表することはどうしても躊躇われた。しかし、これを一編の小説に、全くの創り話に仕立て上げて仕舞えば、並外れて面白い作品となるのではないか。私の心は、その両者の間で揺蕩《たゆた》い続けていた。

「きっと面白い記事書いて下さいね」

房次郎はやんわりと、しかし有無を云わさぬ強さで云った。

「そうすれば、清吉さんのしはったことを皆んながちゃあんと分かりますよって」

慄然《りつぜん》として足を止める私に、房次郎は粘つくような一瞥を残して頭《こうべ》を垂れた。

「ほな先生、さいなら」

「おい、一寸待ち給え」

歩み去ろうとする房次郎を、私は慌てて呼び止めた。

「福田君、君はどうするんだ」

房次郎はのっぺりとした顔で振り返った。

「ご母堂は今も四条男爵邸にお勤めなんだろう？　君はもういいのか。それとも、清吉君の悪事を暴く記事のなかで、私が君の名も載せることを期待しているのか」

房次郎の昏《くら》い顔が、癇《ひきつ》けを起こしたように激しく動いた。しかし、その病的な痙攣《けいれん》は直ぐに治まり、房次郎は酷く草臥れた様子で首を横に振った。

「それは、もうええですわ。そんなんじゃあかんねやって、清吉さんのお蔭《かげ》で僕もよう分かりましたさかい」

房次郎は顎を上げて、深く嘆息した。連《つ》られて見遣った夜空では、瓦斯《ガス》のような雲が卵形の月を隠し、その縁を矢鱈《やたら》と白く光らせていた。

「先生、あんなんじゃ駄目なんですよ」

陰鬱な視線を虚空に漂わせたまま、房次郎は云った。

「聖書にも書いてありまっしゃろ。広い道は滅びの路《みち》や。清吉さんみたいに、楽な道を選んだらあかんのです」

のろのろと顔を戻した房次郎は私に向き直り、細長いその体軀《たいく》を折るようにして頭を垂れた。

「先生おおきに。そうかて、僕には僕の遣り方がありますよって。偉なって、誰よりも偉なって、そうしたら、きっとお母はんも褒めて呉れる筈やから……」

頷き返した私に、房次郎は目を伏せたまま、せやけどと躊躇い勝ちに続けた。

「若し、若しの話ですけど、若し先生が四条様のお屋敷を訪ねることがあって、ほんで万が一お母はんに会うことがあったら、そのう、僕のこと何か云うて呉れませんやろか。ほんとに、何でもええですから」

ちらちらと上目遣いに寄越《よこ》されるその目は、縋るような光を含んでいた。私は大きく頷いた。

「いいだろう、引き受けた。それなら名前を教えて呉れ給え。ご母堂は、福田何と云うんだね」

「それが、お母はんは福田違《ちゃ》いますねん。福田ゆうんは、僕の預けられた家の名ァですよって」

房次郎は苦痛を堪《こら》えるように強く唇を噛んだ。

「お母はんの名ァはトメ、北大路《きたおおじ》トメ云います。せやから僕も、本当は北大路房次郎云いますねや。けったいな名前だっしゃろ。ほんならまた、おおきに」

不意に辺りが明るくなった。

思わず顔を上げると、坂の上では雲間から大きな月が顔を覗かせていた。

房次郎は暗晦《あんかい》とした目礼を残し、私の言葉を待たぬまま、今度こそ、白く照らされた坂道を、眩《まばゆ》いばかりの月を目指すようにして、独りで、ゆっくりと上っていった。

「帝国妖人伝」——一人目、北大路魯山人《ろさんじん》

第二話　法螺吹峠の殺人

風が風を呼んで、ひと巻きの嵐になっていく。

横殴りの雨は刻一刻と強さを増しているようで、最早《もはや》雨合羽《あまがっぱ》も殆《ほとん》ど意味を成していなかった。沁《し》み込んだ雨水と噴き出る汗で下の衣服はしとどに濡《ぬ》れ、水の溜《た》まった護謨《ゴム》靴は歩く度にちゃぷちゃぷちゃぷと音を立てていた。

吹き曝《さら》しの乗越《のっこし》である。

礫《つぶて》のような雨粒を顔中に浴びながら、私は呆然《ぼうぜん》と目の前のそれを眺めていた。

慌てて息を吐く。頭の理解が追いつかず、知らぬ間に息を溜めていたようだった。荒い呼吸を繰り返すが、矢張り頭では何の言葉も捻《ひね》り出せない。

尤《もっと》も、胸中に湧き上がるこの感情の正体だけははっきりとしていた。云《い》うまでもない、後悔である。

小雨と見越して麓《ふもと》の宿場を出立したことや、ざんざ降りになってからも雨脚が弱まった時点で引き返さなかったことだけではない。そもそも、高《たか》が短編一本のためにこの法螺吹《ほらふき》峠まで来る必要自体無かったのだ。

法螺吹峠は、京都府相楽《そうらく》の木津町《きづちょう》から那羅山《ならやま》丘陵を越えて奈良の市街地へ抜ける緩やかな峠道である。京都の五条から伏見《ふしみ》を経て奈良に至る大和路《やまとじ》の一部であって、盆地床との高低差は百米《メートル》もないが、鬱蒼《うっそう》とした森を抜けた乗越からはそれでも奈良盆地を一望することが出来るという。

明治も初めの内は山城《やましろ》と奈良を行き来する旅人や行商人たちで賑《にぎ》わっていたらしいが、明治二十九年に開通した奈良鉄道や乗合馬車などの影響から今日では殆ど寂れて仕舞っている。木津町と奈良市街を往復する馬車便が一応残ってはいるものの、それも日に三本だけであり、馭者《ぎょしゃ》の爺《じい》さんが神経痛《リウマチ》で動けない日には急遽《きゅうきょ》欠便になるのだと宿場の女将《おかみ》さんは笑っていた。

法螺吹峠という一寸《ちょっと》変わった地名の由来には、幾つかの説がある。

昔此処《ここ》で峠守をしていた茶屋の夫婦が共に大法螺吹きであったからという滑稽的《コミカル》なものから、治承《じしょう》四年師走の平家《へいけ》による南都焼討の際、いち早く気が付いた般若寺《はんにゃでら》の僧侶がこの峠で法螺を吹いて軍勢の襲来を報《しら》せたからだという古伝まで幅広く残っている。

文藝誌《ぶんげいし》『東京奇報《とうきょうきほう》』に送る原稿の〆切《しめきり》を一週間後に控えた私が、旅行鞄《かばん》ひとつ提げて浅草光月町《こうげつちょう》の自宅から遥々《はるばる》京都と奈良の県境下《くだ》りまで出向いたのはその後者に因《よ》る所が大きい。『平家物語』巻第五「奈良炎上」を題材に選んだのだが、頭中将重衡《とうのちゅうじょうしげひら》が四万の騎馬武者を率いて奈良に攻め込む場面での風景描写が気になったのである。

犯罪実録の三文記事から私が足を洗ったのは、かれこれ十年以上前のことだった。晩秋の千駄ヶ谷で出会《でくわ》した或る事件が、小説家として進むべき路を決定付けたのだ。

私は矢張り小説が書きたかった。悍《おぞ》ましく、しかし時に愛《いと》おしい不可思議な人間心理の妙を、小気味のいい物語に託して描きたかったのである。

それからは、試行錯誤の日々だった。

当時世間では、私生活を赤裸々に曝《さら》け出す自然主義や、それらとは袂《たもと》を別った人道主義の小説などが巷を賑わせていた。自ら何々《なになに》主義と名乗るのも可笑《おか》しな話だが、私が志向するモノは何方《どちら》かと云えば、人間の内面を抉《えぐ》り出す自然主義文学が近いように思われた。

私は心機一転、大いに意気込んで万年筆を握り直した。しかし、市井を生きる人々の細やかな心情の機微に着目した積もりだったその長編は、哀しい哉《かな》、何の評判も呼ばなかった。私は諦めず、昏《くら》い裏町に、場末の酒場に、辻角の四方山《よもやま》話に題材を求めて精力的に作品の発表を続けた――が、それらは悉《ことごと》く見向きもされなかった。

私は大いに困惑した。いったい何がいけないのか。或る中編に目を通した知己《ちき》の編集者は、ひと言、面白くないからだと断じた。彼曰く、人々が那珂川二坊《なかがわふたぼう》に求める物は強烈な味なのだという。それにも拘わらずこの作品は物語に起伏が無い。心情の描写には随分と筆を割いているようだが、脂っこい支那料理を望んで食べに来た客が、薄粥を饗されたらどう思うか考えてみろ、と……。

思う所はあったが、それならばと今度は犯罪実録時代の知識を活かして、人の心に着目はしながらも、一方で猟奇味や謎解きの趣向を存分に凝らした作品に挑んでみた。これは今までになく評判を呼び、私の自負心を幾許かは充たして呉れた。しかし、本当にこれで良いのかと悩ましい気持ちは強く、茲《ここ》最近は敢えてそれらの所謂《いわゆる》探偵小説は避け、歴史を題材とした小説に取り組むことが多くなっていた。

迷走をしている自覚は勿論あった。小説家が本職ならば己の好悪《こうお》ではなく、読者の要望に応えるべきだという意見は尤もだと思う。しかし、自分ですら面白いと思えないような作品を、赤の他人が本当に面白いと思って呉れるのだろうか？

私に出来ることと云えば、兎に角目の前の一作に全力を注ぐだけだった。今回の作品で云うならば、平家の軍勢が駆けたのはどんな峠道だったのか、また乗越から見下ろした奈良盆地はどんな具合なのか——等々《などなど》。職業病という奴《やつ》なのだろう、一度気に掛かるとどうもいけない。幸いなことに、最近は妻の喘息《ぜんそく》の発作も大分落ち着いていた。そもそも依頼は短編なのであって、奈良までの路銀と原稿料とではまるで比べものにならないことは百も承知だが、仮令《たとえ》鳴かず飛ばずの作家業が十五年近く続いていたとしても、それを等閑《なおざり》に済ませることはこの那珂川二坊の矜持が許さなかった。

妻は随分と同行したがっていた。元来蒲柳《ほりゅう》の質《しつ》なので、旅行という物に強い憧れを抱いているのだ。しかし、幾ら快癒に向かいつつあるとはいえ、真逆《まさか》連れて行く訳にもいかなかった。独り残していくことに疚《やま》しさを感じない訳ではなかったが、土産噺《ばなし》を沢山聞かせてやるからと云い含めて、私は単身東京を発《た》った。

久しぶりに訪れた京都は、紀伊《きい》半島の上空に横たわる前線の影響ですっかり水浸しだった。天の底が抜けたような大雨は数日前から降っては止《や》んでを繰り返し、その度に少なからぬ水害や地滑りを引き起こしていた。そんな噂話《うわさ》を聞き齧《かじ》りながら京都で一泊したのち、私は奈良鉄道で一先《ひとま》ず木津まで下った。其処《そこ》から先は路《みち》行く人々や店先を尋ね廻《まわ》って、こうして何とか那羅山を越える路まで辿《たど》り着いたのだった。

雨合羽に護謨靴姿で宿場を出た頃は、静々とした糠雨《ぬかあめ》が辺りを湿らせている程度だったのだが、山路に入った途端風が出始めて、五分と経《た》たない内に嵐の真《ま》っ只中《ただなか》に放り込まれたような荒れ具合となった。

雨は上から横から容赦なく吹き付け、遂《つい》には雷まで鳴り始めた。堪《たま》らず路傍の樹下に逃げ込んだ私だったが、手拭で顔や手を拭いていると、急に雨音が弱まり、おやと思った時分にはもう止んでいた。蛇口を捻ったような唐突さだった。

依然として枝葉を揺らす風は強く、厚い雲のなかでは鉄球を転がすような轟音《ごうおん》と共に蒼《あお》い光が絶えず明滅していた。それでも再び降り出しそうな気配はなかったため、これは僥《ぎょう》倖《こう》と私は持参した帳面に周囲の風景を粗描《スケッチ》しながら再び歩き始めた訳だが、豈図《あに》らんや、灰神楽《はいかぐら》を逆さにしたような雲からは十分と措《お》かぬ間に再び大粒の雨が滴り始めた。

私は慌てて木立の下に駆け込んだ。今までの小休を取り戻すかのような驟雨《しゅうう》に加えていよいよ以《もっ》て風までその強さを増し、木陰に隠れてなお滝に打たれているような具合だった。こんな青臭い南京櫨《ナンキンはぜ》の幹に身を寄せながら、私はどうしたものかと途方に暮れていた。

荒天の下《もと》、峠を越えて奈良まで行くことを考えると気が遠くなった。それならばまだ木津の宿場まで引き返した方が距離は短いだろうが、いつの間にやら目の前の山路には上の方からざあざあと水が流れ始め、宛《さなが》ら小川の様相を呈していた。足下を洗われながらこんな凸凹《でこぼこ》とした道を下って行くのも容易ではない。足を滑らせたらそれこそお終《しま》いだ。

雨が止むか小降りになるまで待つことも考えたが、幾ら夏の盛りとはいえこう濡《ぬ》れ鼠《ねずみ》のまま風に曝され続けていては風邪をひきかねない。困惑は絶望に、やがては何ともしようのない怒りに変貌した。舌打ちばかり繰り返していると、法螺吹峠ではおトミさんという老婆が茶屋を営んでいることを思い出した。昼餉《ひるげ》に入った木津の蕎麦《そば》屋でそう聞いたのである。

私は今一度合羽の前を掻《か》き合わせ、一も二も無く雨のなかに飛び出した。兎《と》にも角《かく》にも屋根が恋しかった。

篠突《しのつ》く雨に打たれ、砂利の混じった濁流に護謨靴を洗われながら山路を登ること十二、三分、急に視界が開けた。漸《ようや》く念願の法螺吹峠に辿り着いたのである。

鬱蒼とした杉林に囲まれた乗越の先には、堂々たる一本松が雨天を突いていた。其処から二十米《メートル》ほど向こうには、杉木立に沿うようにして古色蒼然とした藁葺《わらぶき》の一軒家がぽつりと建っていた。

茶屋らしき物を前に自《おの》ずと安堵《あんど》の息が漏れたのも束《つか》の間《ま》で、草臥《くたび》れ切った身体《からだ》に鞭打《むちう》って足を踏み出そうとした矢先、私は松の近くに誰かが倒れていることに気が付いた——そして今に至るのだ。

「何ということだ」

空いている方の手で、汗だか雨だか分からないぬるぬるとした額の水気を拭う。その途端、轟《ごう》と強い風が吹いて、口のなかに幾つもの雨粒が入った。顔を背けてぺっぺと吐き出しながら、私は胸の裡《うち》で自分を罵った。矢張り途中で木津に戻るべきだった。そうしたら、こんなものには出会さなかった筈《はず》なのに。

再び目を落とし、もう何度目かも分からない溜息《ためいき》を吐《つ》く。

松の根本から三米ほど離れた泥濘《ぬかるみ》の上では、左胸に短刀が刺さったままの男の屍体《したい》が、叩《たた》きつけるような雨に打たれ続けていた。


青味の強い縞模様《しまもよう》の背広を着込んだ、痩身の男だった。

薄い口髭《くちひげ》を生やしたその顔は、私と同じで四十五、六といった所だろう。靴は艶々《つやつや》と水を弾《はじ》く琺瑯《エナメル》で、袖口には金の釦《ボタン》も光っている。髪も椿油《つばきあぶら》でしっかりと固めており、凡《おお》そこんな寂れた峠道にはそぐわないような身形《みなり》だった。

雨に流されながらも幾許《いくばく》かの泥が残ったその顔は口をぽかんと開け、何かに驚いたような表情のまま真《ま》っ直《す》ぐに雨空を見上げていた。最早手の施しようがないことは、硝子玉《ガラスだま》のようなその瞳がはっきりと物語っていた。

仰向《あおむ》けに倒れた男の胸には、匕首拵《あいくちこしらえ》の短刀が深々と刺さっていた。鍔元《つばもと》までは五寸ばかりで、心臓をひと突きである。これでは即死に間違いない。

青白い閃光《せんこう》が辺りを照らし上げる。呆然と立ち尽くしていた私は反射的に松の下へ逃げ込むが、大太鼓のような遠鳴りが響き渡るまでは少しの間があった。近くに落ちる心配はなさそうだ。息を吐きながら再度屍体に目を向けた私は、ふと奇異の念に打たれた。

足跡が無いのだ。

でろでろとした泥濘《ぬかるみ》の上には、山路から来た私の足跡しか残っていない。あの男が此処で刺されたのならば、犯人の足跡が無いのは妙である。しかし屍体の周りにある物は、どう見ても私の足跡だけだ。

先程までの恐怖と嫌悪は陰を潜め、不謹慎な興味が頭を擡《もた》げ始めた。自ずと推論を組み立て始めそうになった所で、私はこの男の足跡すらも見当たらないことに気が付いた。

降り頻《しき》る雨雲を見上げ、再び泥濘に目を落とす。其処に刻まれた私の足跡も、雨に打たれて少しずつ薄まりつつあった。何のことはない。男の足跡も犯人の足跡も、雨の勢いに掻き消されただけなのだ。

多少落胆すると同時に、現実の問題が舞い戻って来た。真逆このまま放っておく訳にもいかないだろう。警察に報せなくてはと茶屋の方に顔を向けた丁度その時、正面の障子戸が勢いよく開いた。

軒下に連なってぶら下がる草鞋《わらじ》の向こうから、鳥打帽を被《かぶ》った大柄な男が顔を覗《のぞ》かせた。怪訝《けげん》そうな表情を浮かべたその男は、私と屍体に気が付いたのか、雨傘を手に血相を変えて向かって来た。

「貴様ッ何をしとるか！」

鳥打帽はそう云うが早いか、空いている方の手で合羽の襟元をむんずと摑《つか》む。足を払われたと思った時には世界が逆さになり、背中と腰に衝撃が走った。私は泥濘の上に投げ飛ばされていた。強《したた》かに腰を打ち付けて息も出来ず、私は何が何だか分からぬまま、男の鳥打帽から足下の下駄まで呆然と眺めていた。

私が抵抗しないと分かると、鳥打帽は直《す》ぐ屍体に駆け寄った。胸の短刀を抜いて腰の手拭を押し当てたり、オイとかコラとか怒鳴りながら屍体の頰を張っていたが、やがてそれも無駄な努力だと分かったのか、急に屍体の懐中を探り始めた。

見ている此方《こちら》が驚くぐらい乱暴な捜し方だった。金鎖の懐中時計や、分厚い札入れなどが泥濘の上に転がり落ちる。鳥打帽は傘を差したまま屍体の隅々まで何度も検《あらた》めていたが、目当ての物は見つからなかったようで、悪鬼のような表情で再び此方を見た。痛む背中を庇《かば》いつつ、私は必死に半身を起こした。

「ま、待って下さい、勘違いです。私はたった今この峠に着いたばかりなんです」

「嘘《うそ》を吐くな。本官が外に出た時、貴様は此処に立っておったではないか！」

「いや、それはあまりにも急だったものですから、何が何だか分からずに」

これではまるで云い訳のようだと自分でも思ったが、如何《いかん》せんそれが真実なのだからどうしようもない。案の定、鳥打帽の眉間《みけん》に刻まれた幾筋もの皺《しわ》は一向に消えなかった。

青白い閃光が駆け抜け、微《かす》かな地響きと共に雷鳴が轟《とどろ》いた。鳥打帽は忌々《いまいま》しげに空を睨《にら》みながら、兎に角こっちへ来いと茶屋の方を顎で示した。正面の戸口からは、数名の男女が不安げな面持ちで此方の様子を窺《うかが》っていた。

真逆逃げ出す訳にもいかず、追い立てられるようにして入った薄暗い茶屋のなかには、四人の姿があった。

色白な青年に同い歳《どし》ぐらいの娘さん、それに墨染姿の若い雲水《うんすい》と腰の曲がった婆《ばあ》さんだ。青年は土間の床几《しょうぎ》に腰掛け、娘は反対側の隅にある竈《かまど》で茶釜を沸かしていた。雲水は板の間に坐《ざ》したまま、珍妙な動物を鑑賞するような視線を此方に寄越《よこ》しており、板の間を上がった奥の囲炉裏に小枝を突っ込んでいた婆さんは、無感動な顔で次の間へ引っ込んだかと思うと、直ぐに山のような手拭を盆に盛って土間に下りて来た。

「オイ、こっちに来い」

合羽を脱いでいた私は鳥打帽に荒々しく腕を引かれ、近くの柱まで連れて行かれた。何をされるのかと思った矢先に鳥打帽は懐から縄を取り出し、縛り上げた私の両手首を柱と繋《つな》いでしまった。

「ちょ、一寸待って下さい！　無関係だと云っているじゃないですか」

私の訴えなぞまるで取り合おうとはせず、鳥打帽は奥の雲水に共に来るよう命じると、再び雨傘を手に戸口から出て行った。雲水は私の方を一瞥《いちべつ》してから、小脇の深編笠《ふかあみがさ》を被り直して鳥打帽の後を追った。

老婆は盆を持ったまま、茫《ぼう》とした顔で私の傍《そば》に立っていた。

「旦那さん、何をされたんだね」

「何もしちゃいないよ。あんたがおトミさんかい」

「へえ、左様で」

「大変だよ、向こうの一本松の傍で人が死んでいるんだ。殺人事件だよ」

「へえ、そりゃ大事《オオゴト》だ」

おトミはそう呟《つぶや》くと、戸口脇の棚に盆を置き、囲炉裏の方へ戻って行った。本当に分かっているのだろうか。

失礼ですがと声が掛かった。件《くだん》の青年が床几に腰掛けたまま此方を向いていた。

「本当なんですか。その、人が亡くなっているというのは」

「本当だよ。胸を短刀で刺されているんだ。さっき其処から見たんじゃないのかい」

「いいえ、誰かが倒れているのは見えましたが、それでも」

髪を短く刈り込んだその青年は、腕を組んで黙り込んでしまった。湯気の立つ湯呑《ゆのみ》を盆に載せ、娘がその方へ静々と向かう。

「坊ちゃん、お茶が入りました」

青年はうんと答えてから私の方を見遣《みや》り、少しだけ眉を顰《ひそ》めた。

「文乃《ふみの》、その坊ちゃんというのはもう止《や》めて呉《く》れないか。太郎《たろう》でいい」

「そうは云われましても……いいえ、分かりました太郎さん」

文乃と呼ばれた色白な娘は、困惑気味に、それでも従容《しょうよう》と頷《うなず》いた。歳の程は共に十代後半といった所だが、今の会話からすると兄妹や姉弟のようには思えない——いや、そんなことは今はどうでもいいのだ。

鳥打帽と雲水が戻って来た。鳥打帽は私をじろりと睨んでから棚の手拭で顔を拭い、さっさと奥に入っていった。私は勿論《もちろん》呼び止めたが、全く無視された。直ぐに、次の間から大きな話し声が漏れて来た。その内容から察するに、奈良市街の警察署に電話を掛けているようだ。

これはよくない。

おトミといいあの若い二人といい、どうにも余所余所《よそよそ》しいのは鳥打帽の云い分を信じ切っているからだろう。何とかして誤解を解かなければ、取り返しのつかないことになる。

「……あのう」

何と云うべきか頭を絞っていると、不意に声が掛かった。件の雲水が真新しい手拭を手に立っていた。

「お使いになりますか？　濡れたままじゃア気持ちが悪いでしょう」

切れ長の目を更に細くして、雲水はにこにこと笑っていた。

背丈はそれほど高くないが、矢鱈《やたら》と頭の大きな男だった。未《ま》だ若く、三十にもなっていないような顔立ちだ。顎から頬にかけての髭は斑《まだら》に伸び、冬瓜《とうがん》のような顔全体が汗と脂で艶々と光って見えるが、不思議と不潔な感じはしない。人懐っこい笑顔のせいだろうか。

私は礼を述べて手拭を受け取り、身を折るようにして顔と首筋を拭った。

「バッテン、ドウにも大変なコトになりましたなア。いま、仏さんバ軒下まで運んで来たのですが。アア申し遅れました。ワタクシ泰道《たいどう》と申しまして、ご覧の通り修行中の身にゴザいます」

合掌し首を垂れる泰道に、私は柱に繫がれたまま那珂川だと名乗った。

「私にも何が何だか分からないんだよ。山路を登っている途中で雨が強くなってきて、峠に茶屋があるってことを聞いていたものだから急いでいたらあれと出会したんだ」

「ハハア、じゃア何もご存知ヤなかチュウワケですね」

「勿論だとも！　私は取材に来ただけなんだ。来るのだって初めてだし、あの遺体が何処《どこ》の誰なのかも知らないよ」

「取材ちゅうコトは記者バされとるんですか」

物書きだと答えると、泰道は怪訝そうに何かを云いかけた。太郎と名乗っていた青年が、詰まり気味な声でそれを遮った。

「お坊さま、本当に亡くなっていたのですか」

「エエ本当ですとも。馬車で来られた青服の紳士がおりましたでしょう？　アノ御方が胸バ刺されて亡くなられとったですタイ」

腰を浮かしかけたまま、太郎は絶句した。文乃はそんな太郎の腕を引き、窘《たしな》めるような顔で再び座らせた。

私は泰道の名を呼ぶ。

「奥に引っ込んだあの鳥打帽の男がいるだろう。奴はいったい何者なんだい」

「イヤ、ワタクシも仏さんを運ぶケン手伝えチ云われたダケでして」

「官憲だろうか」

「ソゲン気はするバッテン今は何とも……」

泰道は首を捻りながら、私と柱を繋いだ縄に目を落とした。

「オイコラ、何を密々《ひそひそ》とやっておるか」

胴間声《どうまごえ》が飛んだ。首から手拭をぶら下げた鳥打帽の男が、次の間を仕切る襖《ふすま》の前から此方を睨んでいる。泰道は素早い目礼を残し、さっさと壁際に戻った。

鳥打帽は悠々とした足取りで板張りの間まで出てくると、大きく咳払《せきばら》いをしてから一同を睥睨《へいげい》した。

「諸君らも知っての通り殺人事件が発生した。此処まで馬車で来たあの洋装の男が、其処の男に刺殺されたのだ」

鳥打帽の太い指が私に向けられる。私は強く頭を振った。

「だから違うと云っているでしょう！　私は偶々《たまたま》通りかかっただけなんです」

「此奴《こいつ》はまだそんな嘘を吐くか」

大鐘のような声で怒鳴り返す鳥打帽との間に、マアマアと泰道が割って入った。

「ソモソモ、アナタ様は何方《どちら》のお方なんです？」

「本官は警視庁の国崎《くにさき》刑事である」

　鳥打帽は胸を張って高らかにそう名乗り上げた。泰道や太郎たちは勿論、石仏のようなおトミも流石《さすが》に驚いた顔をしていた。

「ハハア……ソレは畏れ入りますバッテン、警視庁の刑事がなしてコゲン辺鄙《へんぴ》なトコに……？」

　恐縮し切った泰道の姿に気を良くしたのか、国崎は嬉々《きき》とした様子でこう語り始めた。

「委細は話せんが、横須賀《よこすか》の海軍工廠《こうしょう》から一人の職工が姿を消した。奴は其処でとられた新型軍艦の青写真を手に逐電しよったのだ。諸君もこの辺りの住人なら知っとるだろうが、奈良に大和卍党《やまとまんじとう》とかいう巫山戯《ふざけ》た名前の政治結社があるだろう。残された日記書簡の類《たぐ》いから、奴がその党員だったことが知れたのだ」

　国崎は取り出した煙草《タバコ》を咥《くわ》え、悠々と燐寸《マッチ》を擦った。

「その職工を追って本官は京都まで来た訳だが、漸く追い付いた伏見の駅舎で丁度同じ大和卍党の党員と思《おぼ》しき男に何かを手渡すのを目撃した。職工は当地の刑事に捕まえさせて、本官は卍党の本拠地を叩くために引き続きその男の後を追っていた。それがあの貝原《かいばら》とかいう男だったのだ。本名かどうかは知らんがな」

　吐息のような騒《ざわ》めきが薄暗い屋内に広がった。国崎は煙を吐きながら、じろりと私を睨んだ。

「今しがた貝原の手荷物も確認したが、青写真は何処にも無かった。貴様も大和卍党の党員で、手柄争いか何か知らんが彼奴《あいつ》を殺して盗《と》ったんだろう」

「冗談じゃない。そんなのは初耳ですよ。嘘だと思うなら荷物でも何でも検めて下さい」

私は足下の鞄を目で示した。国崎は厳《いか》めしい顔付きのまま土間に下り、煙草を燻《くゆ》らせながら私の鞄を漁《あさ》り始めた。

「貴様、名前と職業は何だ」

「那珂川二坊。小説を書いています」

「フン、物書きか。どうせ碌《ろく》な物は書いておらんのだろう」

侮るような視線には流石に腹も立ったが、今後のことを考えてグッと堪《こら》えた。国崎は小さく舌打ちをして、再び鞄のなかを掻き廻し始めた。泰道もひょこひょこと寄って来て、国崎の手元を遠目に覗いている。財布に帳面、それに鉛筆やペンなどが入った筆箱、替えの下着、手拭、薬の入った小袋、それと眼鏡である。国崎は帳面を開いて一枚一枚確かめているが、当然、其処には私が道中で描いた山路の粗描があるばかりだ。貧相な旅行鞄であるからして、二重底などもある訳がない。

様《ざま》を見ろという気持ちで国崎の奮闘を眺めていると、泰道が私の傍に来た。どういう訳か、顔が妙に強張《こわば》っている。

「チョットお尋ねしますバッテン、アナタ、那珂川二坊と仰《おっしゃ》るのですか」

「ああ、那珂川だが」

「ヘエ、こりゃ驚《タマガ》ったナア。ワタクシ、先月の『探偵倶楽部《たんていクラブ》』に載った先生の作品バ読ませてイタダキましたよ。『酒樽《さかだる》』チュウ短編ですタイ。アレはナカナカ良かった」

今度は私が面喰《めんくら》う番だった。『探偵倶楽部』とは、知人が編集長を務める弱小文藝誌である。穴埋めを頼まれたので先々月に掌編を一本渡したのだが、出回る冊数も僅《わず》かであって好事家《こうずか》以外の目に触れることもないだろうと思っていたのだ。どんな形であれ読者から感想を貰《もら》えるというのは至上の喜びだが、現状が現状だけに、文字通り手放しでは喜べずにいた。

「それは有難う。しかし、よくあんな珍しい雑誌が手に入ったね」

泰道は照れくさそうな顔で、五厘刈の坊主頭をつるりと撫《な》でた。

「ワタクシはコゲン形《ナリ》バしとりますバッテン、ドウにも探偵小説チュウモンが好きでして……。取材チュウコトでしたが、この峠バ舞台に殺人事件バ起こさるトですか？」

「はは、今回は生憎《あいにく》と探偵小説じゃないよ。平家の南都焼討を題材に採った短編でね。作中の情景描写のために、実際の風景がどんなものなのかを見に来たんだ」

泰道はハハアと国崎を振り返った。

「ホウしたらアノ粗描も。ナルホド、ナルホド……」

丁度十分ほど雨の止んだ時機があったのだと説明しながら、私は再び肚《はら》の底が重たくなるのを感じた。後は峠から奈良盆地を俯瞰《ふかん》さえ出来れば終いだった筈なのに、どうしてこうなってしまったのか。いい加減縄も擦れて、縛られた箇所の皮膚が痛み始めていた。

十分ほどかけて鞄を弄《いじく》り廻していた国崎も遂に諦めたらしく、今度はポケットを見せろと云ってきた。当然断る権利などある訳が無いので従ったものの、己の無実が分かっている所で不快なことに変わりはない。太郎や文乃が息を呑んで見守るなか、国崎は護謨靴の底や壁際の合羽まで調べていたが、当然無い物が湧いて出る筈もなく、やがて癇癪《かんしゃく》玉を破裂させた。

「オイ！　無いではないか。貴様、何処に隠したのだ！」

「だから知らないと云うのに」

短くなった煙草を嚙《か》みながら、国崎は凶悪な目を泰道や太郎に向けた。

「本官が奥にいる間、此奴に怪しい動きは無かったか」

太郎と文乃は顔を見合わせ、二人して泰道を見た。泰道は困ったような顔で、しかしゆるゆると首を横に振った。

「ワタクシは那珂川先生とお話しとりましたが、ソゲン怪しか素振りは何もされておらんやったトです。アア、ワタクシは泰道と申しまして、ご覧の通り修行中の身で……」

「そんなことは見りゃ分かる。余計なことは答えんでいい！」

国崎は太郎と文乃に目を遣った。

「坊さんが云ったのは本当か」

「ええ、何も隠したりはしていなかったと思いますが」

太郎は低い声でぼそぼそとそう答えた。隣の文乃も小さく頷いている。

「だから云っているじゃないですか。私が峠まで上がった時には、もうあの人は死んでいたって」

チュウコトはと、泰道は腕を組みながら低く呟いた。

「此処におる誰かが貝原氏バ殺したんヤロウかいね」

太郎や文乃のみならず、国崎も目を瞠《みは》った。束の間の沈黙が辺りを支配する。土間に響くのは、さわさわという箒《ほうき》で掃くような雨風と、竈で弾ける薪《まき》の音だけだった。

オイコラと怒鳴りながら、国崎は土間に煙草を投げ棄《す》てた。

「坊さん、あんたいま何と云った」

「イヤア、那珂川先生ヤなかヤとしたら、他に犯人がおる筈ですタイ。空から刃物は降って来んし、コゲン人里離れた峠の、シカモ大雨のなかで物盗りするような奴がオルとも思えん。ソレにおトミさん以外のワタクシ共四人は、貝原氏が外に出て行ってからも厠《かわや》の為《ため》ヤラ何ヤラで一度は中座しとりますケンね」

「莫迦《ばか》を云うな。此奴が貝原を殺したに――」

「ウンニャ、那珂川先生は犯人ヤなか」

飄々《ひょうひょう》とした泰道の声が、やんわりと国崎を遮った。

「刑事さんのお話では、那珂川先生も大和卍党の党員で、軍艦の青写真バ巡った手柄の盗り合いのスエに貝原氏バ殺したチュウコトヤッタでしょう？　モシそうジャとしたら、何か理由バつけて周りの木立に入ってから殺しゃヨカ。アゲン広か、ココからやったら誰に見られとォかもワカラン場所でワザワザ殺したチュウんナ可怪《おか》しな話バイ」

「口論の末、衝動的に殺したのかも知れんだろうが」

「ハアハア、勿論そうとも考えられますバッテン、そうヤとすッと今度は足跡の問題が出て来ますワナ」

咄嗟《とっさ》に現場の様子を思い起こす。強い雨に打たれたせいで、仰向けに倒れた屍体の周りには私の物しかなかった筈だ――と考えた所で、泰道の云わんとすることが理解出来た。

ああと唸《うな》った私の顔を見て、泰道は莞爾《ニッコリ》と微笑《ほほえ》んだ。

「先生はお分かりになったトですか。エエそうです。刑事さん、ワタクシはアナタに呼ばれて現場に赴きました。その時、泥濘に刻まれた幾筋かの足跡バ見ましたバッテン、残されとったんはココから行き来しとォアナタの下駄の跡と、山路の方から続いとって少しずつ消えかかっとォ那珂川先生の護謨靴の跡だけでした」

「そんなことは私だって分かっておる。それが何だと云うのだ」

「可怪《おか》しかヤなかトですか。ドコにも貝原氏の足跡が無かバイ」

「だからそれがどうしたんだ。雨に打たれて掻き消されただけだろうが」

「やったら、ナシテ那珂川先生の足跡だけ残っとるのです。先生は山路からあの一本松に向かって貝原氏と落ち合《お》うた。ソコで口論になって衝動的に手元の匕首で殺してシモウタ……。仏さんの状態と残された足跡から考えられるのはコゲン推論でしょう。バッテンそうヤとすると、同じ頃に泥濘の上バ歩いた筈の二人の内、片方は消えとォにもう片方は未だ残っとォはどうにも可怪しかコトじゃなかトですか」

「貝原が先に出向いて、其奴が遅れて現れたんだったら何も可怪しくはないじゃないか」

「そうヤとすると、貝原氏はアゲン屋根も無かトコで雨に打たれながら立っとったコトになりますワナ」

「……来ないうちは松の下にいたが、其奴《そいつ》が現れたから迎えるために出て行ったのだ」

「ソレやったら、その時の貝原氏の足跡が松の根本から残っとぉ筈バイ。だって那珂川先生の分は残っとぉんやケンね」

「ええい、ごちゃごちゃと屁理屈《へりくつ》を捏《こ》ねおって！」

苛々《いらいら》とした様子で泰道に附《つ》き合っていた国崎が、遂に怒りを爆発させた。

「だったらあんたは、誰が貝原を殺したと云うんだ！」

「ヤケン云うとぉやなかトですか。ココにおる誰かが貝原氏バ殺したんヤロウかって」

真っ赤な顔で指を突き付ける国崎に、泰道は肩を竦《すく》めてみせた。

「莫迦なことを云わないで下さい」

黙って二人の遣り取りを聞いていた太郎が憤然と立ち上がった。

「僕は厠に行っただけだ。文乃もそうだろう。そもそも、僕たちだってあの人とは初対面だったんです。どうしてその日初めて会った人間を殺さなきゃいけないんですか。大和卍党なら知ってますよ。鷺池《さぎいけ》の近くに変な御堂を建ててどんちゃんやっている連中でしょう？　あんな鼻摘《つ》まみ者たちと関わり合いなんかある訳がないじゃありませんか」

「エエ、ご尤もです。バッテン太郎君、アナタは本当に貝原氏と初対面ヤッタとワタクシ共に証明出来るトですか？」

それはと太郎は意気込んだが、それきり続かなかった。畳み掛けようとした泰道を遮るように、隣の文乃が静かに立ち上がった。

「お待ちください。お坊さま、それは幾ら何でも乱暴ではございませんか」

「ホウ、乱暴と仰いますと」

「あの貝原という御方は、此処から離れた松の傍で刺されて亡くなったのですよね。あの方の雨傘は、ずっと其処の戸口に立て掛けたままでした。でしたら貝原様を襲った方も全身が濡れている筈じゃありませんか。ご覧ください、太郎さんの身体は何処が濡れていると仰るんです」

各々《おのおの》がはっとした顔で衣服に目を遣った。確かにこの場で服が濡れているのは、国崎と共に遺体を運んだ泰道と、合羽越しに雨に打たれ続けた私だけだ。太郎や文乃は勿論、国崎も裾の辺りが一寸濡れているだけである。おトミさんに関しては云うまでもない。

「若《も》しも未だお疑いなら、どうぞ太郎さんの荷物や身体をお調べ下さい。そんな嵩張《かさば》る物を隠しているのなら直ぐに分かる筈ですから」

長い顎を撫でながら、泰道はハハアと唸った。

「確かに文乃さんの仰る通りですタイ。これはオミソレしました。太郎君も失敬バしました」

深々と頭を下げる泰道に、太郎は吃《ども》り勝ちに大丈夫ですと返して再び腰を下ろした。

国崎は黙って腕を組み、煤《すす》けた天井の梁《はり》を見上げている。私はいつの間にか、おトミと同じ観客の側に廻されていたようだった。どうやら最悪の展開だけは免れたようだが、泰道の説明を切欠《きっかけ》に事態が混迷を深めたことに間違いは無かった。濡《ぬ》れ衣《ぎぬ》だと分かって呉れたのならばこの縄を解いて欲しかったのだが、どうにもそれが云い出せるような雰囲気ではないこともまた事実だった。


「……那珂川先生はアレをどう思われます」

「アレというと」

「誰が貝原氏バ殺したのかチュウコトです」

私の横に腰を下ろした泰道は、両手で湯呑を包み込むようにして番茶を啜《すす》った。縄を解いたらどうかという泰道の提案は、案の定国崎に一蹴されていた。そこで、柱から離れられない私のために泰道は気を利かせて、小ぶりな床几を土間の隅から持って来て呉れたのだ。

「そんなの分からないよ。探偵小説を書いたことはあるけれども、私自身が探偵って訳じゃないんだから」

「バッテン、アゲンどうにもヤヤコシカお話が考えられるなら、頭だって良か筈じゃなかトですか」

「そんなことを云われてもなあ。そもそも、君たちがどうして此処にいるのかも知らないんだよ？　さっき云っていた、順々に外に出たとかどうとか云うのも」

太郎と文乃は板の間の縁《へり》に並んで腰を下ろし、おトミはその近くで文机《ふづくえ》に向かって丸薬《がんやく》のような物を揉《も》んでいる。太郎の顔が不満げなのは手荷物を取り上げられたからだ。国崎は貝原の懐中から消えた例の物を捜すため、囲炉裏の傍で目を皿のようにして各々の手荷物を検めていた。

「盗まれたのは新型軍艦の青写真だろう？　硝子乾板《ガラスかんぱん》ならまだしも、紙に刷った物ならどうとでも隠せるだろうに」

国崎には聞こえないように囁《ささや》くと、泰道は一寸妙な顔をしてから成る程と首肯《しゅこう》した。

「折角ですし、先生のタメに初めからお話しして進ぜましょう。順バ追って話していけば、見えて来るモノがあるヤモ知れませんノデ……。エエト、最初に着いたのはワタクシですバイ。木津から奈良に向かう途中にお茶でも頂こか思うて立ち寄ったのですが、ソゲンしたら細か雨がポツポツ降ってきまして。アレアレ思っとォト今度は奈良の方から来られた太郎君と文乃さんが駆け込んで来られました」

「あの二人はどういう関係なんだろうね」

足を崩しながらシャツの胸元を開けて暑そうにしている太郎に対し、文乃は膝も崩さずにひっそりと控えている。国崎に対しては兄妹だと名乗っていたがどうも嘘くさい。国崎も訝《いぶか》しげな顔をしていたが、それ所ではなかったのだろう、深くは追及しなかった。

泰道は私に顔を寄せ、駆け落ちチュウヤツですタイと耳打ちした。

「矢っ張りそうか。二人がそう云っていたのかい」

「ウンニャ、ヒソヒソ話しよォとが聞こえまして。昔から耳だけはヨカモンで……。太郎君は牛久《うしく》商店チュウ奈良のお醤油《しょうゆ》問屋の跡取りムスコさんで、文乃さんナ、ソコのお女中さんだそうですバイ。伏見まで出て、後は舟で大阪まで出るッタイ云《ゆ》うとりました」

「成る程なあ。だから太郎君も、国崎が刑事だと名乗った時にあれだけ驚いていたのか……。ああ済まない、話の腰を折ったね。それで、二人が着いてからは？」

「ハアハア、その時にはモウ雨もダイブと本降りになっとりまして、風も出とりました。五分としやんウチに雷も鳴り始めて、こりゃ凄《すご》かチ思うとった所に国崎刑事と貝原氏が転がり込んで来たチュウ訳で……」

「彼らは京都からだね」

「エエ、一時間ほど前ヤッタかしら。木津からの乗合馬車で奈良に行く途中やったバッテン、馬が雷バ怖《エズ》がって危なかもんヤケン、一旦此処で下りられたチュウ訳ですバイ。馭者《ぎょしゃ》は別の馬に代えるチ云《ゆ》うて引き返しましたケン、木津から来られとォなら先生は見掛けんヤッタトですか？」

そう云われて思い出したが、確かに山路を暫《しばら》く歩いた処《ところ》で旧式の乗合馬車と擦れ違った。奈良からの便だと思っていたが、あれが泰道の云う引き返した馬車だったのだろう。

「ソレで五人、おトミさんも入れたら六人ですバイ。暫くの間は風も強《つよ》うて屋根も飛んでいきそうな勢いヤッタけれども、ダンダンと弱まって雨と雷だけになった頃、急にソコの戸を開けて貝原氏が外に出て行ってシモウタのです」

「まだ雨は降っていたんだろう？」

「そうですタイ。ワタクシもそう思いましたケン、モウご出立ですかとお尋ねしたら、あの御仁、コゲン黴臭《かびくさ》かトコにはおられんチ仰いましてナ」

泰道は梁の辺りに視線を巡らせた。確かに寂れた屋内は煤っぽく、仄《ほの》かな埃《ほこり》と黴の臭いは今も壁やら床やらから漂っていた。

「傘は戸の脇に立て掛けたママでしたケン、軒下で馬車が戻って来るトバ待つ積もりヤッタのでしょう。ソノ後で……エエト順番はどうだったかな……ネエお婆さん、アンタは覚えとらんかい」

卓上の丸薬を掌《てのひら》で転がしていたおトミさんが、のろのろと此方を向いた。

「何かお云いになりましたですか」

「ホラ、厠バ借りたろう。アノ順番はドウやったかね。太郎君に国崎刑事で文乃さんやったか」

「ええ左様で。坊ちゃん、刑事さん、お嬢さんで御坊様でしたがな」

「ハハア、矢ッ張りそうかね。ドウモ有難う」

泰道は莞爾と笑い、そのまま私に、厠は正面の障子戸を出てから左手に進んだ先——つまり屍体のあった一本松とは反対の方向にあるのだと説明した。行き来も含めて、四人とも凡そ十分程度の中座だったそうだ。

「ワタクシが厠に行った時は、貝原氏の姿はありゃせんやったトですバイ。ただ松の方までは見らんやったケン、モウ亡くなられとったのか、ソレトモ物陰でブラブラされとったダケなのかは分からんのですが」

「僕は見掛けましたよ」

太郎の声が急に飛んできた。驚き顔を向けると丁度目が合った。どうやら今までの話を聞いていたようだ。

「御不浄とは別の方向で、壁に凭《もた》れ掛かりながら煙草を喫《す》われていました」

「ハアハア成る程……。文乃さんナ如何《いかが》です？」

文乃は不安げな面持ちで太郎を見てから、微かに首を横に振った。

「ホホウ、チュウコトは」

「はい、私はお見掛けしませんでした。随分と雨脚も強くなっていましたから、今日中に此処を下りられるのかしらと不安になって、暫くの間、軒下から外を見ていたんです。だけど、あの方は何処にもいらっしゃいませんでした」

「一本松の方はドウです。ご覧になったトですか」

「彼方《あちら》も見たとは思うのですが、どうにも雨が強くて気が付きませんでした」

「ハハア……。因《ちな》みに妙なことバお訊《き》きするバッテン、アナタのお父様ナ海軍に籍バ置いとらるのですか」

「は、海軍？」

「エエ海軍、若しくは船廠《せんしょう》」

ぽかんとした顔の文乃に、泰道は至って真面目な顔でそう尋ねた。

「いえ、その、どうしてそう思われたのかは分かりませんが、私の在所《ざいしょ》は平群《へぐり》でして、家は菊農家を……」

そこまで語った文乃ははたと口を噤《つぐ》み、そのまま顔を伏せてしまった。太郎はそんな文乃を庇うように身を動かして、泰道を睨んだ。何事かと思ったが、そう云えば文乃は太郎の妹ということで話が通っていたのだ。確かに国崎もいる場所での身内話は禁物だろう。

そんな二人の態度に泰道も事情を察したのか、深く追及はしようとせずに、そのまま立ち上がり板の間に向かった。囲炉裏の傍では、国崎が太郎の風呂敷包みから泰道の頭陀《ずだ》袋《ぶくろ》に移ろうとしていた。

「刑事さん、チョット良かですか」

控えめな泰道の声に、国崎は仏頂面を上げた。此方は探索に熱中するあまり、今までの遣り取りは耳に入っていなかったようだ。

「何だ」

「ソノウ、お訊きしたかコトがありまして……。刑事さん、アナタが厠に立たれた時、貝原氏の姿バ見掛けたトですか」

「壁に凭れて煙草を喫っておったわ。それがどうした」

「イエイエ、それならヨカですタイ」

泰道はつるりと口元を撫でると、文机に向かうおトミさんを振り返った。

「お婆さん、電話バ借ったっちゃヨカね？」

おトミはハイハイと腰を上げ、泰道と共に奥へ引っ込んだ。

次の間に引っ込む泰道の痩せた背を目で追いながら、私は四人の話を頭の中で纏《まと》めてみた。

貝原が出てから中座したのは太郎、国崎、文乃、泰道の順だった。その内、太郎と国崎は貝原の姿を目にしており、文乃と泰道は見なかったと云う……。

私の目は自ずと国崎の姿を捉えていた。いや、私だけではない。太郎や文乃もそちらの方向を瞥見《べっけん》している。失望した様子で泰道の頭陀袋を脇に押し遣っていた国崎は、己に向けられる視線に気が付き面喰ったような表情になった。

「……刑事さんは、姿を見たんですね」

太郎が、低い声で国崎にそう問うた。

「そうだと云っただろう。それが何だ」

「文乃はその後に外へ出ています。だけど、その時にはもういなかったと云っているんです」

「だからどうした？」

太郎は国崎から目を逸《そ》らし、そのまま口を閉ざしてしまった。国崎は怪訝そうな顔をしていたが、暫くしてから太郎の云わんとすることを察したのだろう、顳顬《こめかみ》に青筋を浮かべて立ち上がった。

「き、貴様は本官があの男を殺したと云うのかっ」

「……でも、貴方が警視庁の刑事だっていうのも怪しいな。本当にあの人を追っていたのなら、外へ出て行った時にどうして追い掛けなかったんですか。放っておいたらそのまま逃げられる可能性だってあったかも知れないじゃないですか」

「近付き過ぎれば警戒されると思ったからだ！　傘も置いたままであったし、そもそもこんな土砂降りのなかを出て行く筈もない。だから本官は敢《あ》えて放っておいたんだ」

口元を戦慄《わなな》かせながら国崎が太郎に向けて足を踏み出したその時、泰道が襖の陰から顔を覗かせた。

「刑事さん」

「何だ！」

「オトリコミ中のトコをアイ済みませんがチョットよろしいですか、お電話ですバイ」

何ィと国崎は振り返る。泰道は黒い受話器を掲げていた。勢いを削《そ》がれた国崎は舌打ちし、太郎を睨みつけてから足音も荒く次の間に引っ込んだ。

二人が戻って来るのに五分と掛からなかった。酷《ひど》い仏頂面の国崎は黙って土間に下りると、何とも驚いたことに、私の許《もと》へ来て捕縄を解き始めた。ひりつく手首を摩《さす》りながら思わずもういいのですかと尋ねてしまったが、国崎からの返事は無かった。

いったい何があったのだろう。再び囲炉裏の傍に腰を下ろした国崎は、最早太郎や文乃の荷物にも触れようとはせず、唇をへの字に結んだまま黙然と煙草を喫い始めた。太郎も何事かという顔で腰を浮かしかけたが、相手の国崎がそんな様子なので拍子抜けしたのか、落ち着かない様子で再び文乃の隣に収まった。

誰も何も云わなかった。薄暗い屋内には遠い雨音の他、薪の爆《は》ぜる音だけが響いていた。床几に腰掛けると、忘れていた疲れがどっと圧し掛かって来た。靄《もや》のような眠気がふわふわと頭のなかに広がっていく。私は大きく欠伸《あくび》をしてから腕を組み、そっと瞼《まぶた》を閉じた――。


耳元で誰かの声がした。

慌てて目を開くと、目の前に泰道の長い顔があった。

「お休みのトコを済みませんバッテン、チョットお願いしたかコトがありまして……」

真剣な面持ちの泰道は、辺りを憚《はばか》るように声を潜めた。

「次の間のモウひとつ奥に支那趣味の大きな衝立《ついたて》がありますケン、あと三分バカリしたら、ソコまで来て貰えんでしょうか」

「別に構わんが。何かあったのかい」

「聞いてイタダキたか話があります。アアでも、先生とお話するのじゃなかトです。ワタクシが或《あ》る人と話しよォとバ先生に聞いてイタダキたく……」

「真逆《まさか》、事件に関係ある話じゃないだろうね」

○７○

冗談の積もりだったが、泰道の答えは是だった。私が驚いたのは云うまでもない。いっぺんに眠気は吹き飛び、慌てて周囲を確認する。

どれ程の間眠っていたのか、板の間で丸薬を揉むおトミさん以外に他の三人の姿は見当たらなかった。厠にでも行ったのだろうか。しかし三人とも……？

「ヤケン、ドゲンコトがあっても音バ立ててはイカンですよ。ヨロシウお願いします」

泰道はぺこりと頭を下げ、おトミの脇を通って次の間に入って行った。私は直ぐに懐中時計を引っ張り出して三分計ったが、その間にも戻って来る者は無かった。

二分三十秒経った。

湯呑に残っていた番茶を干してから立ち上がり、伸びをしつつ板の間に上がる。

「お代わりは如何ですかいな」

「いや、もう充分だ。有難う」

急須を持ち上げようとしたおトミに頷き返して次の間に入り、私は足音を忍ばせながらその更に奥の間に入った。他人事《ひとごと》の筈なのに、どうにも鼓動が速まっていく。

雨気を吸った畳はぶよぶよして、気を抜くと転んで仕舞いそうだった。右手には大きな茶簞笥《ちゃだんす》が並び、左手には竹格子の付いた障子窓が少しだけ開いている。真ん中に大きな卓袱台《ちゃぶだい》が設《しつら》えられ、その向こうには昇龍の描かれた大仰な中華趣味の衝立が飾られていた。

衝立の向こうからは、確かに人の気配が感じられた。静かに卓袱台を廻り、衝立の前でそっと膝を折った。

隔てられた向こうからは、ぼそぼそとした声が漏れていた。泰道の声だ。必死に耳を欹《そばだ》てるが、どうにもそれ以外の声は聞こえない。泰道が一方的に喋《しゃべ》っているのだろうかと思った矢先、こんな言葉が耳に飛び込んできた。

「ハアハア成る程、つまり太郎さんナ大きな醤油問屋の跡継ぎヤッタケンど、アナタと一緒に駆け落ちバしとると。ハハア……」

思わず衝立に顔を向ける。かさかさに乾いた料紙の面からは、雲を纏った髭の長い龍が此方を睨んでいた。

動けずにいる私の耳の上を、泰道の飄々とした声が流れていった。

「アアイヤ、こりゃ失礼バしました。エエ、チョットお尋ねしたかコトがあったノデ……ハア、亡くなった貝原氏についてですタイ」

泰道は一拍の間を開け、その日の天気について話すようなのんびりとした口調でこう続けた。

「ネエ文乃さん。貝原氏バ殺したんナ、アナタなんやろう……？」

雨の音がひと際《きわ》大きくなったような気がした。

溜めていた息を吐きそうになって口を押さえた矢先、衝立の向こうからは泰道の物ではない声が微かに聞こえた。聞き取れたのは冗談という単語だけだったが、それは確かに文乃の声だった。

「……イイエ。貝原氏バ殺したんナ、ワタクシ共四人の誰かですタイ。思い出して下さい。アノ人と国崎刑事がココで下りたんナ馬車バ引く馬が雷を怖《エズ》がったせい、つまりタマタマやったチュウコトです。貝原氏の懐中にゃ高そうな時計ヤラお金ヤラがソノママになっとったケン、通りすがりの強盗チュウコトもなかトです。従うて貝原氏の胸に匕首バ突き立てゥ機会があったんナ、アノ人が出て行ってから中座したワタクシ共四人のなかにおるコトになります……。ホイジャそのなかの誰が犯人なのか。注目すべきは、自ら証言した順番とその内容、ソレにアナタもご指摘なすった『誰も雨には濡れていなかった』チュウ点ですバイ」

相手の反応を待つように泰道はそこで言葉を切ったが、何も返っては来なかった。少しの間を開けて、泰道の声が続いた。

「先ずは太郎君です。出て行った順番は彼がハジメで、貝原氏の姿バ『見た』と答えとる。モシ太郎君が殺人者ヤッタとすれば、自分の後に出た三人は当然貝原氏の姿バ見よォ筈がなか訳ヤケン、『見んかった』と答えた方が得ですワナ？」

その通りだと私は思った。確かに太郎がそう答えれば、貝原は太郎が中座する以前に襲われていたとすることが出来る。敢えて四人のなかの誰かを犯人に仕立て上げるよりも、架空の暗殺者を拵えた方が矛盾も生じずに都合がいい筈だ。

「ソレはワタクシの場合も同じコトが云えます。出て行った順番は最後バッテン証言致したんナ最初ですバイ。モシワタクシが貝原氏バ殺しとったのなら、前の御三方は当然見とる筈ですケン、ココで『見んかった』と答えて一人前のアナタに罪バ被せるよりかは、『見た』と答えて貝原氏は自分が出た後に襲われたのヤと答えるでしょうナ。ヤケン太郎君とワタクシは犯人候補から除外するコトが出来ます。残ったんナ国崎刑事とアナタですバイ。国崎刑事が殺していながら『見た』チ虚言《ソラゴト》バ吐いとォとか、若しくはアナタが殺していながら国崎刑事に罪バ押っ被せるために敢えて『見んかった』と答えたのか……」

知りませんという微かな、しかし毅然《きぜん》とした声が覆い被さるように聞こえた。泰道は気にした様子もなく、そうですかと呟く。

「ワタクシがアナタに注目したのは、国崎刑事との遣り取りバ耳にした時からです。ハイ、国崎刑事が追うていらした『新型軍艦の青写真』ですタイ。ソレがドゲン物かご存知ト？……お答えになりませんか。バッテン、ワタクシはヨウク覚えておりますタイ。国崎刑事から太郎君が疑われた時、アナタは『そんな嵩張る物を』と仰った。ワタクシは軍に籍バ置いとったコトもありますケン知っとるバッテン、『新型軍艦の青写真』と云えば、そりゃ即ち軍艦の設計図バ複写した青図バ指しよりますワナ？　複写とはいえ大判の紙ですタイ。折り畳んだとしたっちゃ当然厚みは出る訳で、仰る通り『嵩張る』でしょうナ。本当に、お女中さんにしてはヨウご存知なコトで……」

泰道はふふんと小さく笑った。

「国崎刑事は、横須賀の海軍工廠でとられた新型軍艦の青写真ヤチ云いました。那珂川先生ナゾは、それバ軍艦の写真、つまり『撮られた』物ヤト思うとられたが、本当のトコは

『取られた』、つまり複写された物ヤッタ訳ですバイ。先生がカンチガイしやるんも実に尤も。バッテンなしてアナタはそう思わんかったのか……。貝原氏の持っとった実物バ見たのじゃなかトですか」

「私の着物は何処も濡れてはおりませんよ」

泰道の囁く声を破るように、はっきりとした文乃の声が響いた。

「先程も申し上げましたが、貝原様は胸を刺されて亡くなっていたのですよね？　そうでしたら殺されたのもあの松の近くの筈です。軒下で刺されて、雨のなかを彼処まで逃れられたなんてこともないのですから。従って、犯人も当然全身が濡れている筈です。ご覧下さい。私の身体の何処が濡れていますか？　それとも、曲馬団《サアカス》の曲芸みたいにナイフを投げたとでも――」

「雨は止んどったのでしょう」

ひっそりとした泰道の声が、文乃を遮った。私はあっと叫びかけた。

「外には相変わらずツヨか風が吹いとりました。雨が茅葺バ洗い流すアノ箒で掃くような音と、ツヨか風が林の枝葉バ揺らすアノ音は、壁越しに聞けば同じですタイ」

どうして忘れていたのだろう。束の間でこそあったものの、雨は止んでいたではないか。だからこそ、私は山路の風景を粗描出来たのだ。

「遅れて来た那珂川先生にも確認しました。案の定、大雨の前には十分程度雨の止んだ瞬間があったそうですタイ。アナタが中座されたのが、タマタマその時ヤッタのじゃなかトですか。イイヤ、ソモソモ軒下バ離れてアノ松まで行ったのも、雨が止んどったケン壁越しに声バ聞かるるバ恐れたんジャロウとワタクシは思うとります」

　不意に人の動く気配がした。それに併せて、ハハアという泰道の感心したような唸り声が聞こえた。

「……ワタクシを殺しますか」

　続けて耳に飛び込んできたのは、泰道の落ち着き払ったそんな声だった。

「貝原氏の傷バ見ましたが、アリャ素人《しろうと》の仕業ヤなかトです。こりゃ飽くまでワタクシの想像、頭のなかで拵えたお伽噺《とぎばなし》バッテン、アナタも大和卍党の党員なんでしょう……。イヤ、党員ヤッタと云《ゆ》うた方がヨカね？　ワタクシの考えはこうです。追跡に気が付いた貝原氏は、隠し持った青図バ何とかする必要があった。ソコに、タマタマ党員として顔バ知っとったアナタが現れた。貝原氏は一先ずアナタに物バ預けて国崎刑事の追及から逃れようとしたバッテン、既にソコから抜けとったアナタにとってはヨカ迷惑ヤッタ。ヤケン断固拒絶した……。貝原氏は腹立《ハラカイ》たコトでしょうナ。太郎君にお前の過去バ明かすぞチュウテ脅すぐらいはしたかも知れん。ヤケン、アナタは貝原氏バ殺した……」

　畳を擦るような音と共に、文乃の含み笑いが聞こえた。思わず両脚に力が籠もる。

　泰道が此処にいるように云ったのは、この時のためだったのだろう。私だって腕に自信がある訳ではないが、大の男二人ならば何とか押さえつけられるかも知れない。立ち上がり衝立ごと倒そうとした矢先、淡々とした泰道のこんな声が私の足を釘付《くぎづ》けにした。

「アア、矢ッ張りソゲン短刀バ隠し持っとったのですナ。ヨカヨカ、コン近くには誰もおりません。アナタならワタクシに声ヒトツ上げさせんで心臓バ突いて殺すことぐらい雑作ナカかも知れん。バッテン——」

今度は捕まるよと、泰道は続けた。抜き身の白刃を思わせるように冷ややかな、そして突き放した口調だった。

「アナタは大和卍党から抜けて、太郎君と共にアタラシか人生バ歩もうて思うていらっしゃる。ソノために幾らかは善行も積まれたコトでしょう。ヤケン、貝原氏バ殺した後にモウ一回雨が、軒下から松のトコまで往復したアナタの足跡バ掻き消して呉れるほどに強ゥ叩きつくるような雨が降った。神か仏か、一度ヤッタラソゲナ情けバ呉れるコトもありますバッテン、二度目となるとそう上手《ウモ》ゥはイカン……。イエイエ、虚言《ソラゴト》なものですか、仏門に入ったワタクシが云うのですよ」

声が止んだ。衣擦《きぬず》れの音も途絶え、再び箒で掃くような雨音が頭上から響き始める。

「軍艦の青図は未だアナタが隠し持っとるのでしょう。娘さんのお召し物チュウはダブダブしとォケンねエ。ハハハ……。マア何かあった時に使うツモリなんかも知れんが、あまりお勧めはセンですよ。イヤイヤ、ワタクシが欲しか訳じゃなかトです。モシ要らんのなら、雨に濡らして読めなくした上で座敷の隅にでも隠して置いたらドウです。ソウすれば、貝原氏は大事な機密資料バ破損してしもうた責バ負うて自刃されたチュウコトになるかも知れんカラ……」

飄々とした声でそう呟いたのち、泰道はアハハと小さく笑った。

たっぷりと間を開けてから相手は答えたようだったが、生憎と雨音に掻き消されて、私の耳には何も届かなかった。

*

鳥の囀《さえず》りが聞こえる。

ふと顔を上げると、いつの間にか障子戸越しに射《さ》しこむ陽光も眩《まばゆ》いばかりになっていた。いつまでも続くように思われた雨だったが、止む時は一瞬だった。あれよあれよという間に風も治まり、雲間からは透き通るような陽《ひ》が差し始めた。

太郎と文乃はおトミに礼を述べ、先ほど木津に向けて出立した。国崎は囲炉裏の縁で十何本目かの煙草を吹かしながら、件の青写真を睨んでいる――折り畳まれたまま座敷の隅の壁穴に押し込まれているのを、泰道が見つけたのだ。ぐっしょりと雨に濡れ、まるで使い物にならなくなっていたらしい。

私は泰道と並んで床几に腰を下ろし、おトミが淹《い》れて呉れた熱い番茶を啜っていた。

国崎には届かないような声の大きさで、それにしてもと泰道が云った。

「那珂川先生には御礼の申しようもナカトです。居て下さらんかったらドウなっとったコトか。大変有難うゴザいました」

「私は何もしてないよ。最後だって君が自分の言葉で云い包《くる》めたじゃないか」

「ホンに怖《エズ》か顔バしとりましたケン、殺されそうになった時は飛び込んできて貰いたかったんですタイ。何とか誤魔化せましたバッテン、危なかったナア」

「そうかい？　だけど感心したよ。四人の内から誰が犯人たり得ないか除外していく所なんて、吃驚《びっくり》するぐらい論理的だったじゃないか」

「何バ仰いますか。アゲナモンはタダのヨタ話でして……なしてなら余所者の犯行やナカチュウて前提で話バ進めとぉに、太郎君とワタクシバ除く手立てがソノ余所者に罪バ被せんかったからチュウコトに頼ったモノやった。ヤケン、もうムチャクチャですタイ」

ふうふうと湯呑を吹いていた泰道は、少し不満げな顔で虚空を睨んだ。

「ソモソモ、ワタクシはトリックやら謎々の興味やら一辺倒の探偵小説はあんまり好きじゃナカトです。読者バ弄ぶような探偵小説は好かんバイ」

「そうは云っても、君には彼女が怪しいんだと分かったのだろう？」

「ソレも簡単なお話ですタイ。コウ行脚《あんぎゃ》バ続けとりますと、色んな方にお会いします。一心に念仏唱えて御仏バ拝まれとぉ方バ何人も見てきましたバッテン、丁度ソノ人たちの顔と、外から戻って来た彼女の顔が重なって見えたのです……アノ娘にゃ急に降り出した雨が、奇蹟がゴタく思えたのでしょうナア」

だから泰道は其処を突いたのか。その深い人間観察の目に、私は改めて嘆息した。

「敢えて国崎刑事に任せなかったのは、彼女と太郎君を逃がすためかい？」

「ハハハ、生憎とソコまで善人じゃあナカトです。何と申しますか、ワタクシは単に知りたかったダケです、人バ殺す人間の心チュウモノが……」

私は湯呑から口を離して、泰道の顔を見た。その細長い双眸《そうぼう》には、確固たる意思の光が湛《たた》えられていた。

「随分と物騒な話じゃないか」

「仰る通りですバッテン、アレはいつのコトヤッタか、江戸川の町工場で働いとォ時に、ワタクシは目の前で人が殺されるトコを見たコトがありまして。隅田川バ挟んだ向こうの川岸で、男が男を殴《クラ》しましてナア……。犯人は屍体バ川に蹴落としてから、血の滴る鉄槌《ハンマア》バ持ったママ悠々と歩き去ったのです。ソレから毎日新聞バ確認しましたバッテン、ソレを報じとる記事は遂に出らんヤッタ……」

泰道はごしごしと強く顔を擦り、大きく息を吐いた。

「結局アレは、誰が、何の理由があって、誰バ殺したのかも分からず仕舞いです。ワタクシはシミジミ人間社会のオソロシサチュウ物バ理解すると同時に、アノ男がなしてヒトゴロシをヤッタのかがムショウに気になりました。ワタクシが見とる前でワザワザ殺したんはナシテか？　ソゲン憎んどったんか？　ソレとも他に意味があったのか？　考えれば考えるほどドツボに嵌《は》まるようで、殺人者の心の奥底に眠った昆虫のゴタく人間性、ソレコソ良心の戦慄《せんりつ》とでも云《ゆ》う物バ覗いて見たかチ思うたのです。そしてソレを、出来るなら探偵小説として書きタイと……。ヤケン文乃さんが怪しかて思うたら居ても立っちも居られのうなって、仕方のう親父《おやじ》に電話で頭バ下げて融通バ利かせて貰《もろ》うたんですタイ」

熱に浮かされたような口吻《くちぶり》で語っていた泰道は、急にお道化《どけ》たような口調になってそう締め括《くく》った。

「長々と失礼バしました。馬の耳に念仏とはコノコトですタイ」

「そんなことないよ。いいじゃないか、是非書き給《たま》え。私みたいな鳴かず飛ばずの男が偉そうに云うのも何だが、君ならきっと素晴らしく面白い小説が書けそうな気がする」

泰道は立ち上がり、汗と脂でてらてらと光るその顔を仄かに赤らめながら深く頭を下げた。

「先生もお元気で……。それではワタクシはコレニテ失礼します。また何処かでお会い出来ましたら……」

泰道は深編笠を脇に持つと、もう一度私に礼を残して出て行った。涼やかな風の流れを胸に感じながら、私は暫くの間、開け放たれたままの障子戸を眺めていた。

「オイ、あの坊さんはどうした」

どれほど経っただろうか。不意に背後から慌てたような声が掛かった。振り返ると、足を縺《もつ》れさせながら国崎が土間に下りて来る所だった。

「少し前に出て行きましたよ。気付かなかったんですか」

「考えごとをしておったのだ。参ったな、行ってしまったのか」

国崎はがりがりと頭を掻き、総監殿にどうご報告すればと呟いた。

「何ですって？」

「なんだ、貴様はあの坊さんから何も聞いてはおらんのか」

意外そうな表情から打って変わったしたり顔で、国崎は私を見下ろした。

不意に頭の中で閃《ひらめ》く物があった。電話だと泰道に呼び出された後の、国崎のあの豹変《ひょうへん》だ。

「刑事さんは泰道君に電話だと云って呼ばれたことがありましたね。だったらあれは、若しや」

「そうだ、警視総監殿からだったのだ」

国崎は腕を組み、訳知り顔で大きく頷いた。どうやら、余程誰かに話したかったらしい。

「真逆と思ったが、確かに総監殿だった。本件に関しては、其処にいる泰道君と協力して捜査に当たれと仰るんだ。信じられんだろう」

私は当然驚いたが、それと同時に、先程の泰道の言葉が頭のなかに甦《よみがえ》った――仕方のう親父に電話で頭バ下げて……。

「だったら彼は警視総監の縁故、例えば息子とかだったのですか」

「いや、総監殿も奴の親父からそう頼まれただけらしい。坊さんの親父なんだよ、とんでもないのは。貴様は杉山茂丸《すぎやましげまる》って知らんか。内閣すら牛耳《ぎゅうじ》って来た国粋家の大物なんだが、それがあの坊さんの親父らしいんだ。真逆、杉山茂丸の息子がこんな所で雲水やっているとは思わんだろう」

私は湯呑を置き、ぶつぶつと未だ何かを呟いている国崎を残して外に出た。

其処彼処《そこかしこ》の水溜まりに陽が反射して、景色全体がきらきらと輝いていた。遠巻きに響く蟬《せみ》の声に追われて、私は奈良へと下る峠道の真ん中に出る。

少しずつ左右に畝《うね》りながら、それでも延々と延びる山路の遥《はる》か向こうに小さな人影が見えた。

深編笠を被ったその孤影が、ふと此方を振り返った。

彼は私に向かって二、三度手を振りながらひょこひょこと進み、やがて木陰に遮られて見えなくなった。

「帝国妖人伝」——二人目、夢野《ゆめの》久作《きゅうさく》

第三話　攻撃《アングリフ》！

石造りの店内は酷《ひど》く暗かった。

燃料節約のためか壁や天井に吊《つ》るされた洋燈《ランプ》は数えるほどしかなく、灯《あか》りは専らそれぞれのテーブルに置かれた燭台《しょくだい》の灯火《ともしび》だけだった。店主曰《いわ》く、然《さ》る貴族様の御屋敷から流れてきた品物だそうで、羽を広げた真鍮《しんちゅう》製の天使たちが左右の皿を支える豪奢《ごうしゃ》な装飾は、確かにこんな場末《ばすえ》のビア・ホールには似つかわしくなかった。

太い梁《はり》の走る二十坪ほどの店内には、大振りなテーブルが乱雑に並んでいた。客の入りは七割ほどか。騒《ざわ》めきに合わせて卓上の火は揺らぎ、石積みの壁に映された客の影が大きく伸び縮みしていた。

ビアジョッキに手を伸ばした私の頭の上を、甲高《かんだか》い声が駆け抜けていく。温《ぬる》くなった黒ビールを機械的に含んで、私は溜息《ためいき》を吐《つ》いた。

何が厄介と云《い》って、旅先で喧嘩《けんか》に巻き込まれることほど気が滅入《めい》るものはない。しかもそれが、初めて訪れる海外の土地ならば猶更《なおさら》だ。

頑丈な樫《かし》のテーブルを挟み、私の目の前では大柄な老人と痩せぎすの青年が激しく議論を戦わせていた。

トルストイ翁《おう》を思い出させる豊かな髭《ひげ》を蓄えた老人と、隆とした鼻筋が嘴《くちばし》のような青年である。老人は一八〇糎《センチ》を優に超し、胸板も厚い屈強な身体《からだ》つきであるのに対し、青年の背丈はせいぜい一六五糎程度しかない。当初は、老人がその迫力に恃《たの》んで圧倒するものとばかり思っていたが、案に相違して青年は一歩も引かず、上着の両ポケットに親指だけ突っ込んだ姿勢のまま、中々《なかなか》どうして舌鋒《ぜっぽう》鋭く老人を追及していた。何事かと集まってきた他の客たちも青年の論説にすっかり呑《の》まれ、しきりに頷《うなず》いていた。

ポツダム市街中心のブランデンブルク門から大通りを真《ま》っ直《す》ぐ進み、聖ペーター・パウル教会の尖塔《せんとう》を横目に四つ目の辻《つじ》で左に折れた三軒先にある「旭日亭《きょくじつ》」というビア・ホールだった。

私としては議論の行く末などどうでもよく、出来ることならば直《す》ぐにでもこの場から立ち去ってしまいたかった。しかし、そういう訳にもいかない。何せ議論の発端は、他ならぬこの私なのだ。

テーブルを取り囲む聴衆たちも、私が逃げ出すことを許しはしないだろう。現に、背後の労働者たちからはお前も何か云えとしきりに背中を叩《たた》かれるのだが、私としては首を横に振り続けるしかなかった。議論の中身を十全に理解出来るほど、私はドイツ語に長《た》けていないのだから……。

大正十二年を迎えた正月三日、私は密かな企みを胸に神田美土代町《かんだみとしろちょう》の椿日報社《つばきにっぽうしゃ》を訪ねた。既に大分と屠蘇《とそ》を重ねているのか、熟柿《じゅくし》臭い息を漏らす顔馴染みの編集部長は、年賀の挨拶もそこそこに何とも意外な提案を口にした。

欧州への視察旅行である。

世界大戦を経てヴェルサイユ体制に移行した欧州の変貌はとてもひと言では云い表せないものがあり、文士たる者敗れたドイツから窺《うかが》える戦争の無残さは一度目に入れておいた方がよい、旅費やらは全て会社が負担するので先生は物見遊山程度に思って頂いて、代わりに報告記事《ルポルタージュ》を連載でお願いします――云々《うんぬん》。

私は全く驚いて仕舞《しま》った。そんな大層な仕事を依頼されたことなど、終《つい》ぞ無かったからだ。

部長氏曰く、元々文芸部の副部長を務め、今は欧州支局で経済方面を担当している前の担当の韮山《にらやま》君が強く私を推して呉《く》れたお蔭らしい。唖然《あぜん》として二の句が継げない私の姿を勘違いしたのか、部長氏は多少慌てた様子で身を乗り出して、その間は他社さんでのお仕事にも支障を来《きた》すで御座《ござ》んしょうから、勿論幾許《もちろんいくばく》かの「支度金《したくきん》」も御用意いたしますと囁《ささや》いた。耳打ちされた金額は、まさに今日、私が前借を頼もうと思っていた原稿料の額と大差無かった。

妻の入院費用として、纏《まと》まった金が必要だったのである。

快癒《かいゆ》に向いつつあった筈《はず》の病状は、茶臼岳《ちゃうすだけ》の稜線《りょうせん》のように緩やかに、しかし確実に悪化の一途を辿《たど》っていた。痩せた身体からは益々《ますます》肉が落ち、余計と臥《ふ》せ勝ちになった。ヨードカリウムや麻黄《まおう》などの治療剤も余り効果は無く、発作に備えた気管支拡張薬は最早《もはや》片時も手放せない程だった。

金さえあれば、大きな病院で充分な治療を受けさせることが出来る。床に臥した妻は何も云わず何も求めはしなかったが、呼吸困難に至る程の激しい咳《せき》と、魂を溶かしているような喘鳴《ぜんめい》に私は愈々《いよいよ》決意を固め、今日《こんにち》、椿日報社の門を潜《くぐ》った訳である。

世間では所謂《いわゆる》大衆小説と呼ばれる通俗《つうぞく》文学が流行し、そのお蔭で私の所にも様々な仕事が舞い込むようにはなっていた。依頼は小説に限らず、細々《ほそぼそ》とではあるものの今回のような報告記事や随筆、更には評論なども含まれるようになった。仕事の幅は広がり、その分は当然実入《みい》りも増えた訳だが、それでも決して余裕がある訳ではなかった。またそれは、決して私の自負心を充たす物でもなかった。ひと廻り以上も歳の離れた新進気鋭の作家達を目にする度、文名を揚《あ》げたいという欲求は嫉妬とも異なる薄ら寒い虚しさと成って、私の胸を蝕んでいった。

其処に持ち込まれたのが、今回の提案だった。実際に渡欧してヴェルサイユ体制下のドイツを視察した日本の小説家など、一寸思い当たらないではないか。

驚きは直ぐに喜びと相成《あいな》った。勿論私は即諾しようとした訳だが、口を開きかけた所でこの話がそう単純ではないことに気が付いた。

支度金を受け取るためには、当然視察旅行を引き受けなければならない。欧州へ赴くのがインド洋を渡る船路なのか、それとも鉄道でシベリヤ平原を横断する陸路なのかは知らないが、何《いず》れの場合でも数週間や一ヶ月どころの話ではないだろう。船旅だとしたら、スエズ運河へ至るだけでも二ヶ月近く掛かる筈だ。良き夫だったとは云えないが、それでも肺患の妻を残して独りのうのうと地球の反対側まで物見遊山に出掛けられるほど、私は能天気な男でもなかった。

しかし、だからと云って辞退するには余りにも惜しかった。

勿論金が要ったということもある。那珂川二坊の名を売りたかったという欲もある。だがそれ以上に、こんな絶好の機会をみすみす見逃すということが無念で仕方無かったのである。

小説家という存在は、手に触れ見聞きし味わい嗅いだ全ての事象を糸として物語を紡いでいく。経験こそ創作の糧《かて》なのだ。その土地だからこそ書ける物語という物も、きっとあることだろう。これまで日本の本州すら出たことが無く、また自分の金で欧州を旅するなど夢のまた夢である私にとって、今回の提案に魅力を感じない訳が無かった。

部長氏の口吻《くちぶり》から察するに、求められている物が椿日報社お馴染みの反戦記事であることは容易に想像出来た。血気盛んだった若い時分ならば、そのような提灯記事の片棒を担ぐことには嫌悪も抱いたことだろうが、五十路《いそじ》も過ぎた今となっては義憤を感ずることも稀《まれ》だった。肩肘を張って生きていても疲れるだけだ。求められるがまま、流れに身を任せるに越したことはない。

鹿爪らしい顔で腕を組んで見せながらも、胸の裡《うち》では八割方引き受けることを決めていた。万が一ここで断れば、支度金は勿論のこと、原稿料の前借すらも難しくなるだろう。病院に入れてやることさえ出来れば、私が四六時中傍《そば》に付いていていなくとも構わない筈だ。病という厳然たる事実の前に、夫婦《めおと》の紲《きずな》や愛情なる物が何の意味も成さないことは、これまでの生活で厭《いや》という程分かって来た積もりだった。

それでも勿体振《もったいぶ》って返事を保留した私は、早速家に戻り、この話を妻に聞かせた。頰だけを林檎《りんご》のような朱《あか》に染めた妻は、揺らぎのない、しかし湿っぽい瞳でいってらっしゃいませとだけ呟《つぶや》いた。

私は支度金を受け取った足で御茶ノ水《おちゃのみず》の佐々川《ささがわ》病院を訪れ、早速妻の入院手続きを済ませた。その一方で粛々と荷物を纏《まと》め、無事妻が一等の病室に入ったのを見届けてから、一月十七日の未明、日本郵船の諏訪《すわ》丸に乗り込んだのである。

神戸を発《た》ったその大型貨客船は上海《シャンハイ》、香港《ホンコン》、シンガポール、コロンボ、スエズを経由し、二ヶ月ほどかけて早春のマルセイユに到着した。

其処《そこ》で落ち合った韮山君とパリに五日間滞在したのち、私はアムステルダムを経てドイツに入った。フランス・ドイツ間の直通国際列車は、大戦の余燼《よじん》で運行が無くなっていたのである。幸いドイツ語とフランス語ならば一高で学んだ物が未《いま》だ頭の片隅に残っていたので、日常会話程度ならば苦労はしなかった。

ドイツの凋落《ちょうらく》ぶりについては、日本にいる時分から風の噂《うわさ》に聞き知っていた。連合国の賠償請求は苛烈を極め、乱発された貨幣は極端なインフレーションを招いた。日本の一円はほぼ一万マルクに相当し、最早使い道の無くなった一マルクや十マルク紙幣の束は、子どもたちが煉瓦《れんが》のように積んで遊んでいるのだとか。

しかし、辿り着いたベルリンの様子は私の想像以上だった。

往来の人々は皆粗悪な服装で、誰もが何かに対して腹を立てているようだった。街の辻という辻には配給用の巨大な釜が濃い湯気を立ち昇らせ、無表情の民衆が長い列を成している一方、そのすぐ隣では神の遣いや救世主を名乗る男たちが声高に演説を打《ぶ》ち、血の迸《ほとばし》るような声で革命の必要性を訴えていた。

燃料不足のため街灯も無く、陽《ひ》が落ちた街はそれこそ鼻を摘《つ》まれても分からないような暗さだった。一切れのパンを得るため、夜闇に紛れて男たちは追剝《おいは》ぎを繰り返し、女たちは貞操を売る。かつて皇帝の都と謳《うた》われたベルリンでは、目に見える物だけでなく、精神までもが荒廃しているようだった。

ベルリンには二日滞在して、私たちは其処から南西三十キロの位置にあるポツダムへ移った。彼《か》の地はベルリン市民向けの避暑地であり、長逗留《ながとうりゅう》には最適だと韮山君が選んで呉れたのだ。彼も一緒に来る予定だったのだが、直前になって急な仕事が入ったため、後日合流することとなった。

フリードリヒ大王の王宮を抱くポツダムは、静かな田舎《いなか》町という印象だった。

配給の列や扇動演説などは此処《ここ》の街角でも相変わらず見受けられたが、ベルリンほど殺伐とした空気は感じられなかった。住民の数が少ないこともあるのだろうが、それよりも街を取り囲む緑豊かな自然が、人々の荒《すさ》んだ心を癒しているように見受けられた。

韮山君が長期で予約して呉れた観光ホテルは市街地を縦断するハーフェル河の畔《ほとり》に建っており、無憂宮殿《サン・スーシ》までは歩いて二十分程度の距離だった。

午前中は自室で本を読み、陽が翳《かげ》り始めた頃を見計らって散歩に出る。竹杖《ステッキ》片手に三時間ほど広大な宮殿の敷地をぶらぶらと歩き廻《まわ》ったのち、帰路に適当な料理屋で夕食を摂《と》るのが私の日課だった。

私がギルディッシュ翁と初めて出会ったのも、そんな散歩の途中のことだった。

大噴水から西へ続く菩提樹《ぼだいじゅ》の木立を抜ける道で、毎日擦れ違う巨漢の老人がいた。初めの内は会釈を交わすぐらいだったのだが、七日目になると老人が不意に近付いてきた。

「こんにちは、観光ですか」

「ええ、日本から参りました」

相手の体格に思わず身構えた私だったが、老人は毛深い顔に柔和《にゅうわ》な笑みを浮かべ、はきはきとしたドイツ語で、そうだと思いましたと云った。

「いや、突然に失礼をしました。実は、以前に日本人のお屋敷で働いていたことがありましてな。どうも貴方《あなた》の顔を見ていたらその時のことが思い出されたものだから。私、ギルディッシュと云います。よろしければ、少しお話ししませんか」

礼儀作法を弁《わきま》えたギルディッシュ翁は、私がドイツに入って初めて会う紳士と呼ぶべき人物だった。あれこれと話している内に私たちはすっかり意気投合し、自《おの》ずと翌日以降も散歩や晩餐《ばんさん》を共にすることが多くなった。

　顔の半分を覆う豊かな髭もあって、当初私は十近く年長なのだろうと思っていた。しかし、実際は私と二つしか変わらない五十五歳とのことで酷く驚かされた。それ以外はあまり自分のことを語りたがらない様子だったので、敢《あ》えて踏み込むことは止《や》めておいた。

　その日も私とギルディッシュ翁は緑地公園を適当に散策し、夕食のためイェーガー通りに看板を掲げる旭日亭に立ち寄った。子どもの靴ぐらいはありそうなソーセージを突《つつ》きながら取り留めもない話をしていると、不意に隣のテーブルから嘲るような声が飛んできた。聞き取れたのは、「アジア人《シュリッツアウゲ》」と「猿《アッフェ》」という単語だった。眉を顰《ひそ》めるギルディッシュ翁の反応で、私は初めて、それらが自分に向けられていたのだと理解した。

　隣の席にいたのは、茲《ここ》最近ではよく見掛ける類《たぐ》いの若者たちだった。連合国からの屈辱的な国境変更に悲憤して、街の至る所でヴェルサイユ体制やボルシェヴィズムへの反発を叫び、国民社会主義革命の必要性を声高に訴える、所謂《いわゆる》〝極端に民族主義的《フェルキッシュ》〟な集団だ。

　ギルディッシュ翁は眉間に皺《しわ》を刻んだまま、にやにやと笑う彼らに向き直った。

「君たち、私の友人に何か用かね」

「友人ですって？」

　奥に座った痩せぎすの青年が、芝居がかった仕草で目を見開いた。

「ご老人、失礼ですが今なんと仰《おっしゃ》いました？」

「彼は私の友人だ。友人に対する失礼な振る舞いは私が許さない。それに、私の名前はギルディッシュだ」

「これは失礼。では、僕のことは博士《ドクトル》とお呼び下さい」

「何だと？」

「ハイデルベルク大学の哲学科にて博士号を取得しておりますもので。それはさておきご老人、いえギルディッシュさん、我々は貴殿の恥知らずな振る舞いについて語り合っていたのです」

怪訝《けげん》そうな表情を浮かべる翁に、〝博士〟は肩を竦《すく》めてみせた。

「ご自分でお分かりになりませんか？ 貴殿は厚顔無恥にも日本人と席を同じくし、あまつさえ会話を楽しんですらいらっしゃる」

「それがどうしたというんだ」

「これは驚いた。その男の国は、我がドイツから領土を奪ったのですよ」

博士はテーブルを強く叩き、やおら立ち上がった。

「ああ、我々の兵隊はよく戦った！ 雲霞《うんか》の如《ごと》き連合国を相手に最後まで実によく戦った。しかし、それに引き換えあの東洋の島国はどうだろうか。我々の兵隊が泥に塗《まみ》れながら銃剣を握っていた最中、日本の軍人どもは一滴の血も流さずに南太平洋上の我が領土を掠《かす》め盗《と》った！ 何と云う卑劣な行為だろう。奴《やつ》らには、我が国に正面から挑む勇気がないのだ。僕は斯様《かよう》に卑劣で臆病な民族を心から軽蔑する！」

その小さな身体のどこから発されているのか不思議なほどの大声で、博士は一気呵成《いっきかせい》に捲《まく》し立てた。その合間を縫って、仲間たちが大きな拍手や指笛を鳴らしていく。

唐突に演説が始まり、周りの客たちは失笑気味の顔を此方《こちら》に向けていた。ギルディッシュ翁も直ぐに立ち上がって反論を口にしたが、博士は攻勢を緩めず、形勢は次第に不利になっていった――そして今に至るのだ。

早口なドイツ語での議論には中々付いていけず、私は完全に蚊帳《かや》の外だった。自ずと集まり始めた聴衆たちは、当初、何方《どちら》かといえばギルディッシュ翁に与《くみ》していた。尤《もっと》もそれは翁の主張が賛同を集めていた訳ではなく、年長者を悪《あ》し様に罵る博士が礼儀知らずだという非難に因《よ》るものだった。

そんな空気を察したのか、博士は即座にその矛先をギルディッシュ翁から私にずらした。翁は私が那珂川二坊《なかがわふたぼう》という日本の著名な（！）小説家であり、優れた世界主義者《コスモポリタン》であると弁護して呉れたが、機関銃のような博士の弁舌の前には殆《ほとん》ど意味を成さなかった。分かり易《やす》い標的に仕立て上げられた私には貧困に喘《あえ》ぐポツダム市民の憤懣《ふんまん》も自ずと集まり、彼らから向けられる視線は冷ややかな物に変化しつつあった。

筋肉質な労働者が私の肩を摑《つか》み、お前はどう思っているんだと強い口調で迫ってきた。流石《さすが》に身の危険を感じて腰を浮かしかけたその時、テーブルにジョッキを叩きつける音と共に、新しい怒声が店内に響き渡った。

私や聴衆だけでなく、博士とギルディッシュ翁も声のした方向を振り返った。一拍空けて、私は今の怒声が「喧《やかま》しい」という日本語だったことに気が付いた。

厨房《ちゅうぼう》に近い壁際の席には、鼠《ねずみ》色の背広を着た男が此方に背を向けて腰を下ろしていた。

ゆらりと立ち上がった男が、此方を振り向く。

半開きの眼《め》で睥睨《へいげい》する顔は、紛《まぎ》れもなく日本人のそれだった。歳《とし》の程は三十代半ばといった所だろうか。背はあまり高くなく、剃《そ》り上げられた頭は洋燈の光を浴びて艶々《つやつや》と光って見えた。

男は傲然と胸を張り、足音も荒く私たちの方へやってきた。その凶暴な雰囲気に、聴衆も自ずと道を空けた。

「こんな所にも日本人がいたとは。君、何か云いたいことでも？」

悠然と構える博士の前を通り過ぎ、男は私の前に立つ。無視された博士は鼻白《はなじろ》んだ顔でその背を睨《にら》んだ。

男は私の全身をじろじろと見廻《みまわ》してから、小さく鼻を鳴らした。

「情けない」

「え？」

「情けないと云っておるんです。あんたも大日本帝国の臣民なら、こんな若造の戯言《ざれごと》ぐらい撥《は》ね除《の》けないでどうするんですか」

唖然とする私をそう一喝して、男は博士に向き直る。眉間に皺を刻んだ博士はそれでも余裕の笑みを浮かべ、口を開こうとした。

しかし男の方が早かった。固めた拳で思い切りテーブルを叩いたのだ。天板が大きく揺れ、グラスや食器が耳障りな音を立てた。

反射的に身を引いた博士は、眉を顰めて男を睨みつけた。

「な、何だ君はいきなり」

「俺は大日本帝国陸軍の歩兵大尉だ。何だ貴様は、黙って聞いておればいい気になりおって。我が帝国軍人が臆病だと。巫山戯《ふざけ》るのもいい加減にしろっ」

大尉と名乗ったその男は早口でそう捲し立て、何処《どこ》が臆病なのか云ってみろと博士に詰め寄った。

矢継ぎ早に飛び出す大尉のドイツ語は、副詞や接続詞なども滅茶苦茶《めちゃくちゃ》で、お世辞にも流暢《りゅうちょう》とは云い難いものだった。しかし、顳顬《こめかみ》に血管を浮かべたその剣幕は語法の誤りなど到底指摘させないような凄《すさ》まじさだった。いきなり脇役へ押し遣《や》られたギルディッシュ翁も、目を丸くして吠《ほ》え猛《たけ》る大尉の姿を眺めていた。

「わ、悪いが君の下手くそなドイツ語ではいったい何が云いたいのか――」

「うるさい！　人が喋《しゃべ》ってる時に口を挟むんじゃあないっ」

何とか主導権を取り戻そうと博士は努めて冷静に云い返したが、大尉の罵声に遮《さえぎ》られて最後まで続かなかった。

「それに卑怯《ひきょう》だ何だと云うが、日清戦争の折、貴様らドイツだってフランスやロシアと組んで遼東《リャオトン》半島の返還を迫ったじゃないか。あれは我が国が多くの血を流して手に入れた代え難い領土だったんだぞ。それを、何の関係もない貴様らが余計な首を突っ込んできたんだ。自分のことを棚に上げて何を云うか！」

色黒な大尉の顔は、博士の鼻先に迫る勢いだった。その迫力に圧《お》されてか、博士は目を白黒させながら引き下がった。

誰も言葉を発しなかった。大尉は鼻を鳴らし、言葉を失《な》くしている聴衆を睨み廻した。射るような視線を向けられて、誰もが気拙《きまず》そうに顔を逸《そ》らしていった。

莫迦莫迦《ばかばか》しいと、博士は吐き棄《す》てるように云った。

「まともにドイツ語も扱えないようじゃお話にならないね。僕に意見したいのなら、もう少し言葉を学んでからにして貰《もら》いたいものだ」

尊大な態度で腕を組んではいるものの、それが強がりに過ぎないことは傍目《はため》にも明らかだった。大尉もそれを分かっているのか、博士の貧相な体軀《たいく》をじろじろと眺めながら嘲るように息を漏らした。博士の顔が、恥辱と憤怒《ふんぬ》に赤く染まった。

「そ、そもそも議論に加わるのなら、まずは名乗るのが礼儀だろう。日本ではそんな最低限のマナーすら守られていないのか」

「俺か？　俺は――」

大尉は不意に薄い笑みを口元に滲《にじ》ませて、笑顔大尉《レッヒエルン》だと云った。

「……そうかい、それは結構な名前だ」

屈辱に声を震わせる博士は、精一杯の威厳を保ちながらテーブルから離れた。怪我《けが》でもしていたのか、右脚を引き摺《ず》るようにしているのが印象に残った。残された青年たちは慌ててその後を追い、聴衆たちもこそこそと自分たちのテーブルに戻っていった。

退出する博士たちを睨んでいた大尉は、仏頂面のまま私を振り返った。私は立ち上がり、頭を下げた。

「どうも有難う。助かったよ」

「あれぐらいは云い返して貰いたいものですな。ただ爺《じい》さん、あんたは中々立派だった」

大尉から手を差し出され、ギルディッシュ翁は戸惑い顔のまま握り返した。

「さっき云っていたことは本当なのかい？　その、君が軍人だっていう」

「当たり前でしょうが。何で嘘《うそ》を吐かにゃならんのです」

面倒臭そうに差し出された名刺には、確かに陸軍歩兵大尉の肩書が黒々と刷られていた。

「あんたは旅行ですか」

「そのようなものだね」

「結構なご身分で。浮かれておるからああいう目に遭うんです」

「いやいや単なる観光って訳じゃないよ。一応これでも取材旅行なんだ」

「取材？　それならあんたは物書きか何かですか」

「小説家の那珂川二坊というんだが、まあ知らないだろうね」

「知りませんな」

大尉はあっさりと云ってのけた。

「まあまあ、兎《と》に角《かく》乾杯し直そうじゃないか」

「いや、結構。俺はあまり酒を好かんのです」

新しい黒ビールを注文しようとするギルディッシュ翁を遮って、大尉は元々のテーブルから茹《ゆ》でた芋にソースをかけた料理と、白い液体が半分ほど残ったジョッキを持ってきた。

「そりゃ何だい」

「砂糖を溶かした牛乳ですよ。ビールなんざ苦いだけでしょうが」

大尉はそう云って、音を立てながら美味《うま》そうに牛乳を啜《すす》った。

これが、私と大尉の出会いだった。それからというもの、私たちは三人で食事をすることが何かと多くなった。大尉はドイツ留学中の身上であって、先の大戦だけでなくナポレオンやフリードリヒ大王などの古戦も参考に軍事学を修めているらしい。宮殿の緑地を歩いていると、極《ご》く稀に難しい顔で歩く大尉の姿を遠目に見掛けることもあった。

そんな私たちの前に再び博士が現れたのは、例の騒動から二週間後のことだった。

「少しは語学も上達したかい」

さっさと店に入ってきた博士は、何事も無かったかのような顔で私たちのテーブルに腰を下ろした。

あまりにも自然な所作に私たちは言葉を失っていたが、やがてギルディッシュ翁が咳払《せきばら》いをして、ゆっくりと口を開いた。

「何の用だね」

「是非とも其処の大尉殿に教えて差し上げたいことがありましてね」

博士は悠然とした仕草で指を組み、大尉に目を向けた。大尉はトマトソースのスパゲティをフォークの先に巻き付けながら、料理に蠅《はえ》が止まったような顔をしていた。

「俺は貴様なんぞに用は無い。飯なら他所《よそ》で食え。寄って来るな」

大尉の面罵に動じる様子もなく、博士は首を横に振った。

「まあ、そうかっかするのは止《よ》し給《たま》え。それよりも大尉、君は先日、日本の軍人に臆病者はいないと云っていたね？　しかし、どうやらそんなことはなかったようだ」

「何を云ってやがる」

「ジュウゴ・クチキという男を君たちは知っているかい。昔このポツダムに移り住んだ日本の軍人なんだが」

「クチキだと」

声を上げたのはギルディッシュ翁だった。大尉もまた、スパゲティを巻き取った姿勢のまま目を瞠《みは》っている。

「君も知っているのか」

「そりゃあんた朽木重吾《くちきじゅうご》といえば奉天《ほうてん》会戦の英雄でしょうが、知らんのですか。本当に仕様のない人だな！　いや、今はそんなことより」

大尉は博士に向き直った。

「なんで貴様が朽木中将の名前を知っておるんだ。それに、中将がポツダムに移り住んだだと？　下らん嘘を吐くんじゃない」

「大尉、彼が云っていることは本当だ」

険しい顔でそう呟いたギルディッシュ翁は、私に顔を寄せた。

「以前、私が日本人のお屋敷で働いていたと云ったことを覚えていますか」

「ええ勿論。若《も》しかしてその日本人というのは」

「そうです、クチキ将軍が私の主《あるじ》でした」

「ほほう、こりゃ妙な縁もあったものだねえ」

博士は唇の端を歪《ゆが》めた。

「だったら貴方は、クチキが自殺したことも当然知っている筈ですよね？」

「なに、自殺？」

「そうだとも。君たち日本人の言葉で云う所の、ハラキリというやつさ」

「何だって⁉　おい爺さん、そりゃ本当か」

ギルディッシュ翁は沈痛な面持ちのまま顎を引いた。大尉は絶句した。

「何でも、ハラキリというのは日本の軍人にとって非常に名誉ある死に方だそうじゃないか。え、どうなんだい？」

大尉が口を開く気配を見せないので、私は仕方なく頷いた。

「時と場合によるが、腹を切るのは武士道に則《のっと》って――」

「ブシドー！」

博士は手を叩いた。

「ブシドー、ブシドーね。僕も聞いたことがあるよ。ああ素晴らしき日本の文化、ブシドー！　ただ、クチキがハラキリした理由はそうじゃない。単に客人との賭けに負けて、大事にしていた美術品を手放すことになったからだ。どうだい作家先生、随分話が違うとは思わないか？」

「黙れ、この糞餓鬼《くそがき》め」

大尉が——明らかに動揺の顕《あらわ》れた怒声を飛ばした。

「死を以《もっ》て恥を雪《そそ》ぐのも武士の道だ。朽木中将は恥というものを知っていらしたから、自ら腹を召《め》されたんだ。それの何処が可笑《おか》しい」

「へえ、だったらクチキの死は覚悟の上のものだったと？」

「そう云っているだろうが」

「ならば、やはり彼は臆病者だ」

「何だとっ」

色を成《な》して立ち上がった大尉を制するように、博士は素早く言の葉を継いだ。

「だって彼の屍体《したい》からは、多量の睡眠薬が検出されたんだ。それはつまり、死に臨んでも結局自分の腹を切るのが怖くなったってことだろう？　しかも、そのクチキとやらは君たちの国じゃ英雄ときている。大尉、君は以前この僕に向かって、『日本の軍人に臆病者などいない』と豪語したね。だけど実際はどうだい。英雄と謳われた男ですら、死の間際ではそんな有様なんだ。他の軍人だって推して知るべしといったところじゃないか」

　それはと呻《うめ》いたきり、大尉の言葉は続かなかった。博士は勝ち誇った顔で椅子に深く腰掛け直した。

「君は、『臆病な者などいない』と云った。だから僕は『臆病な者もいた』ことを証明した。ホラ、早く自分が間違っていたことを認め給え」

「違う」

「何も違いやしないよ。君は間違えたんだ」

　大尉は不貞不貞《ふてぶて》しい顔で腕を組み、そうじゃないと怒鳴った。

「そもそもお前の話は初めから間違っている。朽木中将は自分で腹を切ったんじゃない。殺されたんだ」

　博士だけでなく、ギルディッシュ翁も唖然とした顔になった。無論、私もだ。

　待ち給えと博士は身を乗り出す。

「僕の聞き間違いかな。何だって？」

「だから、犯人は睡眠薬を嚥《の》ませることで中将を昏睡《こんすい》させて、腹を切ったように見せかけて殺したんだ」

「大尉、君はさっき、クチキは恥を知っていたからだとか何だとか云ったじゃないか」

「そんなこと云ったか？　知らんな、お前の聞き間違いだろう」

大尉は鼻を鳴らし、砂糖入りの牛乳を呷《あお》った。博士の目が薄くなった。

「だったら、君は事件のことを知っていたのか」

「当たり前だ。まあこの際だから云ってしまうが、俺は陸軍省からその事件の再調査を命じられてポツダムまで来たんだ」

「で、でも大尉、君はさっきギルディッシュ翁に本当なのかって訊《き》いて——」

思わず身を乗り出した途端、テーブルの下で思いきり脛《すね》を蹴られた。大尉の意図を察して、私は痛みを堪《こら》えながら口を噤《つぐ》んだ。

「……だったら教えて貰おうか。誰がクチキを殺したんだ」

「それは未《ま》だ調査中だ」

大尉は傲然と腕を組んだ。顔色一つ変えないその態度に、私は呆《あき》れるのを通り越して感心すらしていた。ギルディッシュ翁も椅子の背に凭《もた》れ掛かり、ほうと息を吐いている。

「貴様こそ、何処でこの話を知った」

「偶々《たまたま》風の噂に聞いただけさ。面白いね。じゃあ、その調査とやらはいつ頃終わるんだい」

「何でそれを貴様に教えにゃならんのだ」

「当たり前じゃないか。若し本当に君の云う通りなんだとしたら、僕だって自説を撤回しよう。ただそうじゃなかった場合、間違っているのは君だ。それとも逃げるかい？」

「莫迦を云うな！　それなら一週間だ。一週間で、お前にも分かるように一から十まで説明してやる」

「いいだろう。楽しみにしているよ」

博士は悠然と立ち上がり、その足で店から出ていった。

「大丈夫なのか、あんなことを云って……⁉」

博士が出ていったのを見届けてから、ギルディッシュ翁は大尉に迫った。

「そう慌てんでも問題ない」

「だったら、君は本当にあの事件を調べているのかね」

「勿論だとも。云ってなかったか？」

平然と嘯《うそぶ》く大尉に、私は日本語で耳打ちした。

「……本当に？」

「……そんな訳ないでしょう。朽木中将がポツダムにいらしたこと自体、今日初めて知ったんです」

何か問題でもとギルディッシュ翁が不安そうに尋ねた。大尉は姿勢を正し、えへんと咳払いする。

「いやいや、思っていた以上に調査が難航しとるので、暇な那珂川センセイにも手伝って貰うことにしただけですわ」

私も曖昧に頷いておいた。そうするより他になかった。

「しかし爺さん、あんたが朽木中将の下で働いていたとは」

「私も将軍の名前を耳にしたのは久しぶりだよ。しかも、それを君が調べているとは。妙な縁もあったものだ」

「爺さんは、中将が亡くなった時も近くにいたのか」

「将軍の遺体を発見したのは私だ」

何だってと大尉は身を乗り出す。

「おい、そりゃ本当か！」

「本当だとも。だからこそ、あれは君が考えているような殺人事件などでは断じてなかった」

翁はゆるゆると首を振り、ジョッキを持ち上げた。

「これはどうやら、その時のことを話さにゃいかん流れのようだな」

「当然だろう。ひとつよろしく頼むぜ」

ギルディッシュ翁は残りのビールをひと息に呷ると、遠くを見るような目で事件について語り始めた。


――私が将軍と初めて会ったのは、一九一〇年の夏のことだ。

その頃の私は、雇われていた金型工場を馘首《クビ》になったばかりだった。いま思えばつまらんことで社長と喧嘩してな。それで新しい働き口を捜していたんだが、そのなかに日本人の屋敷というのがあった。

提示された給料は私の希望を遥《はる》かに超えていたが、それでも即決は出来なかった。その頃の私には、東洋人を侮る気持ちがあったんだ。なんで黄色人種ごときにへこへこしなくちゃいけないんだとな。

ただ、諦めるにはあまりにも惜しい金額だった。それで私は、ひとつ雇い主に会ってみることにした。それがクチキ将軍だった。

将軍と会った時のことは今でも覚えているよ。

現れた将軍は、軍人というよりも商人といった感じだった。当時で今の私と同じ五十五歳だったが、もっと若い四十半ばに見えたな。皺ひとつない濃紺の背広に艶々と光る琺瑯《エナメル》の靴。灰色の髪は短く刈り込まれて、口元には小綺麗《こぎれい》な髭を蓄えておられた。ドイツ語は無論流暢で、その立ち居振る舞いにも気品があった。

だが、私は気に入らなかった。

大尉、君なら知っているかも知れんが、将軍はとても小柄な人だったんだ。背丈も一六〇糎《センチ》あるかどうかだ。

あの頃の私は今よりも大柄で、腕っぷしだって強かった。喧嘩ならば大抵の奴には負けない自信もあった。だから、ひと目見ただけで思ったんだ、こんな小男の命令なんて聞けるかってな。

だけれども、そんな不遜な思いは、将軍が差し出した手を仕方なく握り返した時に吹き飛んだ。ぴくりとも動かないんだ。まるで、鉄の棒か何かを摑んだようだった。

これでも修羅場だって幾つかは潜《くぐ》ってきた。だからこそ分かったんだ、こりゃ敵《かな》わないとな。強いものには従ってしまう動物的本能と云ってもいい。私はすっかり感服して、将軍の下で働くことを決めた。

将軍が日本を離れたのは、流行《はや》り病で夫人とご子息を亡くされたからだと聞いている。え？　ああ、軍の派閥争いに巻き込まれて……いや、それは初耳だ。成る程な。それで厭《いや》気《け》が差されたのか。

将軍は、駐在武官としてベルリンに派遣されたことがあったらしい。毎週末にはポツダムまで足を延ばして釣りや狩猟を楽しまれ、それでこの地を大層気に入られたのだそうだ。だから此処を終《つい》の棲家《すみか》に選ばれた。

将軍が購入されたお屋敷は、南西部の森にあった。中心街からは馬車で四十分程度だ。元々はお貴族様の別荘だったらしく、客室が幾つもある広い邸宅だった。そう広い家である必要もなかったんだが、偶々《たまたま》安く売りに出されていたそうだ。あんな辺鄙《へんぴ》な場所じゃあ買い手もつかないようで、将軍が亡くなって随分と経《た》つが、今も空き家のまま売りに出されていた筈だよ。

いや、私以外に使用人はいなかった。こう見えて料理屋で働いていたこともあってな。住み込みで将軍の身の回りの世話だけでなく、屋敷の掃除や修繕まで全てを請け負った。まあ初めの内は大変だったが、慣れたらそうでもない。こう云っては何だが、将軍は手の掛かる人でもなかったんだ。

狩猟はされたし、近くのテンプリン湖で釣りもされた。それに読書だ。偶《たま》にふらりとベルリンまで赴かれて、蚤《のみ》の市や古物商から色々な国の美術品を買って来られることもあった。ああ、そうだ。美術品の蒐集《しゅうしゅう》にはかなり凝っていらした。結局はそれが、亡くなられた原因にもなった訳だが……。

済まない、少し先走った。話を戻そう。

客人も、多い訳ではないが月に二、三度はあった。多くは、ベルリンに立ち寄った日本の軍人だ。地元の人間が訪れることは殆どなかった。唯一の例外が、後の事件にも関わってくるノルベルト・ヴェルマーという男だった。

ヴェルマー家は、製糖工場やらワイン工場やらを幾つも経営するこの街の資産家だ。ノルベルトはそこの十二代目に当たる当主で、大の日本好きで知られた男だった。歳は四十五、六だったと思う。砲兵みたいな巨軀《きょく》からはそんな繊細な趣味を持っているとは中々思えないんだが、何でも、若い頃に蚤の市で見掛けたウキヨエに心を奪われたのがきっかけだったらしい。

将軍は日本を発つ際、幾つかの美術品を持って来られた。ノルベルトは何処からかそれを聞きつけて、早速訪ねてきた。ポツダム屈指の資産家とあっては将軍も無下には出来ず、まあノルベルトもそこは弁《わきま》えていたから、二人の付き合いは良好に始まった。奴は月に一度将軍を訪ね、将軍の蒐集品《コレクション》を見たり、夜通し日本の美術品談義に花を咲かせたりしていた。客室は余るほどあったから、大抵は泊まっていったよ。

事件があったのも、ノルベルトが将軍を訪れていた時のことだった。

あれは、一九一三年の二月十七日だった。将軍は庭にある小屋で亡くなられた。自分の腹と喉を、自分で切り裂いたんだ。

小屋だ。あれは日本風というのかかな。土壁と葦《あし》の屋根で出来た小屋だった。ちょうど事件の一ヶ月ぐらい前、将軍は或《あ》る美術品のためにその小屋を建てられたんだ……まあそう焦るな。順を追って話す。

年が明けた頃、将軍の許《もと》に日本から荷物が届いた。厳重に梱包《こんぽう》された一米《メートル》四方の木箱だった。

将軍はとても驚いていらした。それが、士官学校時代の恩師から形見分けとして贈られた、非常に価値のある美術品だったからだ。いいや、その時点では未だそれがどういう品物なのか私は知らなかった。

恐懼《きょうく》した将軍は、その品物を飾るためなのか、庭に日本風の小屋を建てられた。意匠や建具にもかなり拘《こだわ》って、腕の立つ職人や材料を捜すためにわざわざハンブルクやハノーファーにまで足を延ばしたりしてな。それだけ気合が入っていた訳だ。

準備には時間もかかったが、工事自体は一週間とかからずに完成した。竣工《しゅんこう》後は、将軍もその小屋で過ごされることが多くなった。

話を戻そう。将軍は早速ノルベルトを小屋に招き、例の美術品を見せているようだった。

ノルベルトは小屋にも感激していたが、その品には殊更《ことさら》惹《ひ》かれたようで、屋敷に戻り二人で酒を酌《く》み交わしている時にも、しきりに売って呉れと頼みこんでいた。どれだけ高くても構わないからとな。

ノルベルトが将軍の蒐集品を買い求めることは、今までにも何度かあったんだ。具体的に云うと、そうだな、何かの壺《つぼ》を買い取った時には、ベルリンのダーレム植物園脇に家が建つぐらいの金額が動いた。金というのは、ある所にはあるものなんだ。

それだけの大金を積まれる訳だから、将軍も渋りはしたが、これまでだったら結局最後はノルベルトの申し出を受け容《い》れていた。だが、今回ばかりは流石に将軍も首を縦には振らなかった。ノルベルトもかなり食い下がっていたが、将軍は固辞し続けた。これまでとは違う将軍の態度に奴も無理だと悟ったのか、晩餐の頃になるともう口にはしなくなっていた。

食事を終えた二人は、いつものように客間でコニャックを飲みながらあれこれと雑談を始めた。私には何のことやらさっぱりだが、どうやらウキヨエ談義に花が咲いているようだった。

将軍は、後は自分たちでやるから休んでいいと私に云った。私は明日の朝食の仕込みを終えて、暖炉の火が消えているかを確かめてから自室に戻った。ベッドに入ったのは日付が変わる頃だった。

起きたのは五時前だ。夜の内に雪が降ったのか、窓の外は一面の銀世界だった。私は屋敷中の暖炉に火を入れたり朝食の用意をしたりして、七時を過ぎた頃、一階の奥にある将軍の寝室に寝起きの紅茶を運んだ。

だが、そこに将軍の姿は無かった。

普段なら着替えまで済まされている筈だから、何処かに行かれたのかと思ったが、屋敷中を捜しても見当たらない。もう一度見て回っていると、私は屋敷の裏口から例の小屋に続く足跡があることに気が付いた。

私よりも小さく、特徴的な靴底を刻んだそれは、間違いなく将軍の靴の跡だった。私は、将軍が小屋に行かれたのだと直感した。

雪上にあるのは小屋に向かった足跡だけだった。つまり未だ戻って来てはいない。外は、立っているだけで震えが込み上げるような冷気だった。いくらお気に入りの場所だとはいえ、こんな朝早くから行くなんて尋常じゃない。私は走って小屋に向かい、其処で将軍の遺体を見つけたんだ。

将軍は小屋の真ん中辺りで、横向きに倒れていた。寝間着にガウンを羽織った姿だが、上半身は開《はだ》けていて、腹と喉元に深い創《きず》があった。疵口《きずぐち》から流れ出た血は、シャーベットみたいに凍りながら小屋の床を真っ赤に染めていた。右手には、血で汚れた短刀が握られていた。

将軍はハラキリされたのだと思った。日本のサムライがするハラキリを、私は本で知っていたんだ。将軍の身体は氷のように冷たくなっていて、もう医者を呼んでも無駄なことは明らかだった。

靴？　いいや、履いていなかった。将軍の靴は、足跡が続いた小屋の外に揃《そろ》えて置かれていた。

頭の奥が痺《しび》れたような感覚だった。勿論驚きはしたが、夢を見ているみたいでな。とにかく警察を呼ばなければと思って小屋から出ると、ちょうどノルベルトが此方にやって来る所だった。私が小屋に向かうのを、二階の客室から偶々見たのだそうだ。

将軍が亡くなられたことを告げると、ノルベルトは言葉を失っていた。そりゃ驚くのも無理はないが、それにしても少し様子が可怪《おか》しかった。それで問い詰めると、ノルベルトは蒼《あお》褪《ざ》めた顔で、将軍が死んだのは自分のせいだと云った。いいや違う、「殺した」とは云わなかった。自分のせいで将軍は死んだ。そう云ったんだ。

私にも訳が分からず、動揺するノルベルトを一先《ひとま》ず屋敷に連れ戻して、ブランデーを飲ませた。暫《しばら》くして漸《よう》や落ち着いた奴は、昨晩、私が下がった後で将軍とポーカーをしたのだと云った。例の美術品を賭けたポーカーをな。

私だって驚いたよ。真逆《まさか》と思ったが、ノルベルトの顔はとても嘘を吐いているようには見えなかった。しかも、それを云い出したのは将軍の方だったらしい。恐らく酔っていらしたんだろう。つい気が緩んで、そんなことを口走ってしまわれたのだ。

ノルベルトは当然喜び、一回きりの勝負に臨んだ。それで、勝ってしまった。

その時の将軍の顔は、それは凄まじかったそうだ。血の気が引いた顔は紙みたいに真っ白で、迂闊《うかつ》に喜ぶことも出来ないぐらいの形相《ぎょうそう》だったと、ノルベルトは云っていた。

それでも、将軍は約束を反故《ほご》にはしなかった。約束は約束、品物はきっと譲ると仰った。ただ、今晩だけは手元に置かせて欲しいと訴えた。勿論ノルベルトに異存はなく、それで構わないと答えた。

そこで私はやっと、例の美術品が日本の短刀だったことを知った。ワキザシというんだったか。将軍がハラキリしたことを私から聞いたノルベルトは、恐らくそのワキザシを使ったのだろうと云った。それを確かめるため、私とノルベルトは警察に連絡を入れた後で再度小屋を訪れた。

だが、遺体が握る短刀を見たノルベルトは、これじゃないと叫んだ。将軍がハラキリに使われたのは、例のワキザシじゃなかったんだ。初めは気付かなかったが、小屋の隅には同じような黒い鞘《さや》の短刀が置かれていた。ノルベルトが求めた品はそれだった。

そうだよ大尉。あの若者が云った通り、将軍は、迂闊なことを口走った罪を償うために腹を切ったんだ。ただ、譲ると決めた品を血で汚すような、ノルベルトに対して当てつけるような真似《まね》を、将軍は決してなさらなかった。

その後で警察が来て現場を色々と調べていったが、傷の具合から見ても、やはり将軍が自分で自分を刺したことは間違い無さそうだった。睡眠薬の話も、ああ、本当だ。

……ワキザシ欲しさにノルベルトが話をでっち上げた？　はは、成る程。残念だがそれはないな。何故《なぜ》って、結局奴はワキザシを受け取らなかったからだ。本当だとも。自分のせいで将軍が亡くなったことが余程ショックだったのか、将軍がポツダムの墓地に葬られる際、ノルベルトはそのワキザシを棺《ひつぎ》のなかに入れたんだ。嘘だと思うなら警察や牧師に確認してみるといい。

それに大尉、さっきも云っただろう。館の裏口から例の小屋までは将軍の足跡しかなかったんだぞ。若し奴が将軍を殺したのなら、どうやって小屋から屋敷に戻ったんだ？　翼でもない限り無理じゃないか。

そうだとも、将軍は自分の意思でハラキリされたんだ。

ノルベルトか。いいや、奴は死んだよ。もう三年近く前になるか。森で猟の最中、足を滑らせて崖から落ちたんだ……。


翌日、私は大尉に連れられて警察署を訪れた。事件に関する資料に当たるためである。朝靄《あさもや》の漂う大通りの両側には、堅牢《けんろう》な官公庁舎や教会が建ち並んでいた。朝も早いため、街行く人々の姿も疎《まば》らだった。

暫く進むと、右手に州警察庁舎の赤い屋根が見え始めた。

「ねえ大尉、君は本当に中将の死が殺人だと思っているの？」

「当たり前です。そうでないと私が困る」

欠伸《あくび》を噛《か》み殺しながら、大尉は二、三度頷いた。

「だったら犯人は」

「ノルベルトとかいう金持ちでしょうな。日本の文化に造詣があったのなら、切腹の作法ぐらい知っておっても可怪しくはない」

「そいつは一寸《ちょっと》乱暴が過ぎないか」

「なあに、そう難しく考える必要はありません。此方も可能性さえ示してやればいいんですから」

可能性と私は繰り返す。

「いいですかセンセイ、無いことを証明するのは至難の業なんです。あの若造はそこを突いてきた。『臆病な帝国軍人なんていない』つぅのを否定するには、臆病な輩《やから》が一人でもいたことを示せばいい。だから俺もそれに倣うことにした。中将の死が自害じゃないっつうことを証明するには、殺人かも知れない可能性を示しさえすればことは足りるんです」

大尉は不敵に笑い、警察署の重厚な硝子扉《ガラスとびら》を押し開けた。

応対に出てきた若い署員に事情を説明してみたが、当たり前のように捜査資料の閲覧は到底不可だと突っ撥《ば》ねられた。後ろで聞いていた大尉は忽《たちま》ち私を押し退《の》け、自分は駐在武官であり当該事件について調べるよう国から命じられているのだと詰め寄った。そして、若し自分の申し出を断るならば本国にその旨通達し正式に外交筋から抗議を行わせて貰う、現在の緊張した日独の関係に於《お》いてそれがどのような事態に繋《つな》がるのかは分からんぞそれでもいいんだなと、辛《かろ》うじて理解が出来る例のドイツ語で署員に迫った。彼だけでなく騒ぎを聞きつけた彼の上司も大尉の勢いに呑まれてしどろもどろになり、結局私たちはすったもんだの末、捜査資料の閲覧権を捥《も》ぎ取ったのだった。

「……どいつもこいつも、今更そんな昔のことを調べてどうするんだ」

不本意であることを隠そうともしない上司警官が、私たちを資料室に案内しながらそう零《こぼ》した。

「私たち以外にもこの事件について尋ねてきた者がいるんですか？」

「ハイデルベルク大学の学生が論文に使うとか云ってな。偉い先生の紹介状があったから署長も許可されたが、あれもどうかと思うね」

私たちは顔を見合わせた。

「彼だろうか」

「他におらんでしょう」

大尉は呆れた顔で鼻を鳴らした。

事件のことは偶々知ったと嘯いていたが、どうやら博士は詳細を調べるためにこんな所にまで乗り込んでいたようだ。冷ややかな笑みの裏に潜んだその執念に、私は少なからず慄然《りつぜん》とした。

上司警官に見張られながら、私たちは埃《ほこり》っぽい資料室で事件の赤いファイルと向き合った。大尉は垢染《あかじ》みた和独の小辞書を取り出し、一枚一枚頁《ページ》を捲《めく》りながら、貪《むさぼ》るように読み込んでいく。私は特にすることも無く、少し離れた窓辺から人の増え始めた往来をぼんやりと眺めていた。

「成る程な」

紙束から顔を上げ、大尉はそう唸《うな》った。

「何か分かった？」

「大筋は爺さんから聞いた話と相違ありません。ただ、幾つか気になることがありまして。一寸読んでみますよ。ええと……事件当日の朝、下男のギルディッシュが主人の部屋を訪ねると、ベッドはもぬけの殻だった。ギルディッシュは屋敷中を捜したが見つからない。そして庭の小屋に向かう足跡を見つけた」

「聞いた通りだ」

「まあお聞きなさい。ギルディッシュが早速向かった所、屋内で腹と喉から血を流して死んでいる主人の遺体を見つけた。遺体は寝間着にガウンを羽織っており、手に持った短刀で自分の下腹部と頸動脈《けいどうみゃく》を掻《か》き切っていた。死因は失血死。遺体の近くには、自殺に使った短刀の鞘と、それとは別にもう一振りの短刀が置かれていた。その他に遺留品の類いはなかった。駆け付けた客人のヴェルマー、これがノルベルトですな、と一緒にギルディッシュは警察に連絡した……」

「それもギルディッシュ翁の云っていた通りだよ」

「問題は、中将が握っていた短刀なんです。ほらココを御覧なさい。どうやらその短刀っうのは、刃渡りが三十糎《センチ》もあったそうなんですよ。少し長過ぎやしませんか」

私は自分の手を見た。肘から手首までが丁度それぐらいだった筈だが、確かに長い。

「それだけ長い得物《えもの》で己の腹を切り裂こうと思ったら、刃の部分でも摑まにゃ到底力が入りません。ただ、素手で摑んだら当然指が飛びますから、普通は紙やら布やらを巻くんですわ」

「でも、現場にそんな類いの物は遺《のこ》されていなかった」

「そういうことです。こいつは早速キナ臭くなってきましたな」

大尉は嬉《うれ》しそうに歯を覗《のぞ》かせた。

「でも、屋敷から小屋の間には中将の足跡しか無かったんだろう？」

「それですわ。コイツを見て下さい」

大尉は資料を捲り、卓上に広げた。其処には所々に注意書きのある事件現場の略図が描かれていた。

「爺さんとノルベルトの証言を基に描かれた事件現場の略図です。センセイはコレを見て、何か思うことはありませんか」

「何だろう。竈《かまど》があったのは初耳だから、それを暖房代わりにすれば雪の夜だってひと晩ぐらいなら過ごせたかも知れない」

「それも気になる点ではありますが。それよりココですよ、ココ」

大尉は紙面の「塵《ご》棄《み》て口」を指した。

「靴が脱いであって足跡も続いておる以上、中将はココから小屋に入ったことになりますわな？　でも、小屋にはちゃんと出入口があるんですよ。可怪しいじゃありませんか」

「それは、確かに」

「更にはこの『竈』です。普通竈つうのは壁際に造るもんでしょう。……私はね、センセイ、こりゃお茶室だったんじゃないかと思っとるんです」

私はあっと叫んだ。

意表を突かれるというのは、こういうことを云うのだろう。確かにそう考えれば辻褄《つじつま》が合う。茶道のさの字も知らないドイツ人警察官の目に「竈」と映ったそれは、即《すなわ》ち茶の湯を沸かす炉《ろ》であって、窮屈で人が通れるかも分からない「塵棄て口」と見なされた孔《あな》は、

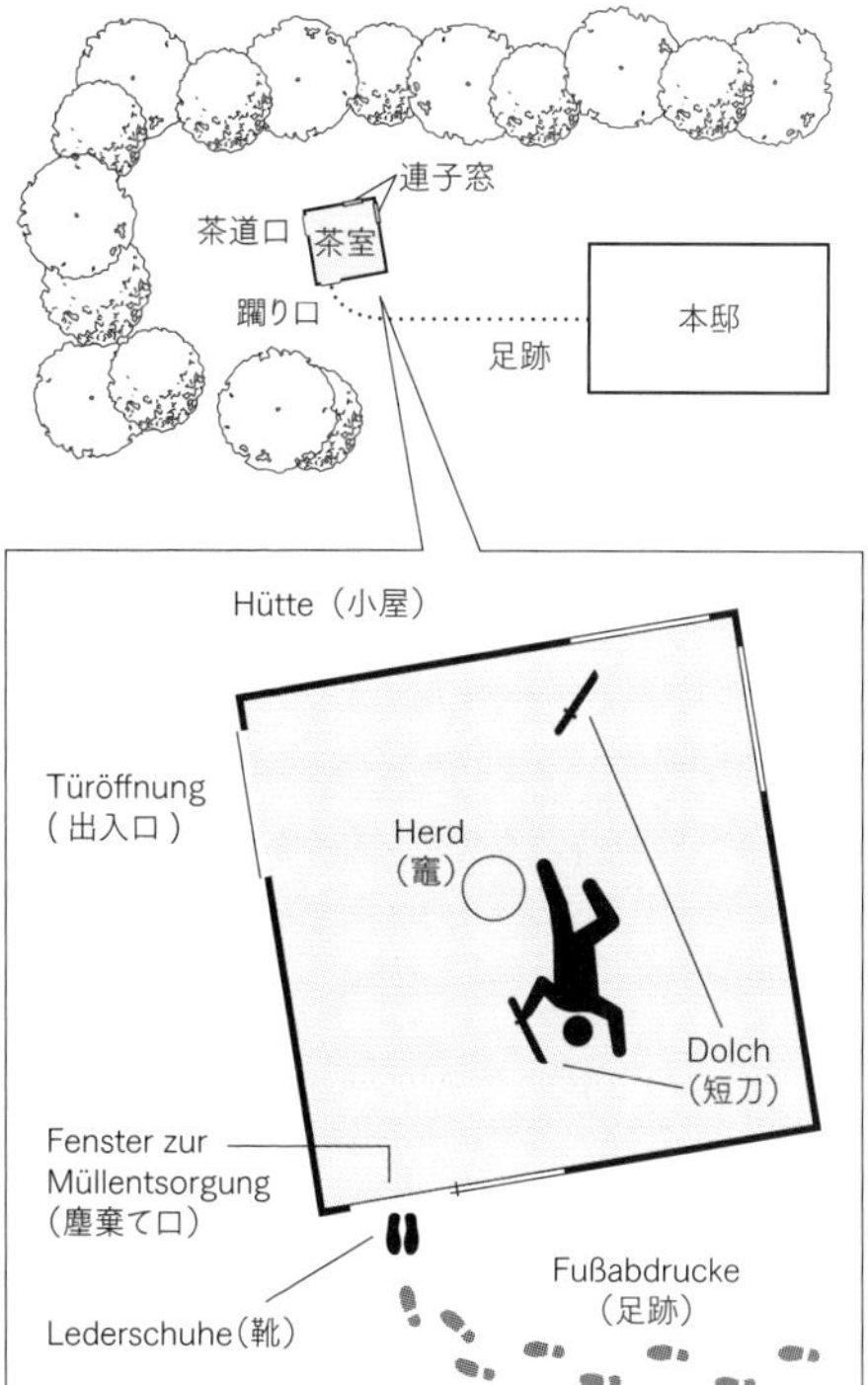

主が客人を迎える躙《にじ》り口《ぐち》だったのだ。

「これは炉で、こっちが躙り口という訳か。確かに君の云う通りだ」

「ただねセンセイ。そうだとすると可怪しな点が出てくるんです」

大尉は太い指で顎の肉を摘まんだ。

「だってこの小屋は、恩師から贈られた美術品のために中将が建てたんですよ。でもその美術品は、蓋を開けたら脇差だった。脇差のために茶室を建てますか？」

「だったらそれは、つまり、脇差じゃなかった？」

「そういうことです。中将が恩師から贈られたのは、茶器の類いだった。どうしてもそれを手に入れたいノルベルトは、美術品の正体を知らない爺さんに対して、恰《あたか》もそれが脇差であったかのように振る舞った。遺体の脇にあった脇差は、蒐集品から適当に引っ張り出してきた物でしょう。自分の責任だって殊勝に受け取りを辞退してみせる裏で、ノルベルトはちゃっかり本物の茶器を奪っていた」

「でもあの足跡はどうなるんだい。睡眠薬を嘸ませて中将を茶室に運んだとしても、そこから屋敷に戻った足跡がないんじゃあ」

「爺さんの話を思い出して下さい。警察を呼ぼうと小屋を出たらノルベルトがやって来たと云っていたでしょう？　それは即ち、爺さんだって奴が屋敷から出てくる所を見た訳じゃない」

「……ずっと茶室に隠れていた！」

「奴は身体も大きく、中将は小柄な方だった。爺さんが下がった後でコニャックに睡眠薬を混ぜて昏睡させ、中将の靴を突っ掛けて二振りの脇差と一緒に茶室へ運ぶ。その時にはもう雪が積もっていたんでしょう。自分の靴は懐に仕舞っておくか、中将にでも履かせておけばよろしい。茶室に入ったあとは、二人羽織の要領で後ろから手を摑み、脇差の刃に布か紙を巻いて、中将の腹と喉を切り裂いた」

成る程と唸る私に、大尉は満足そうな顔で頷いた。

「筋道が見えてきましたな。後は、それが可能だったかを確認するだけです」

「ギルディッシュ翁に訊くんだね」

「違いますよ。中将の屋敷は空き家で残っとるんですから、実際に見に行くんです。ほらセンセイ、行きますよ！」

警察署を後にした私たちは、南西部の森にあるという旧中将邸へ赴くため馬車を捜した。行き交う馬車は多いものの、どれも混んでいるのかなかなか駐《と》まって呉れなかった。やっと捉まえた一台で、捜査資料から書き写した中将邸の住所を馭者《ぎょしゃ》に示す。陽に焼けた老馭者はあからさまに厭そうな顔をしたが、大尉は気に掛ける素振りも見せず、さっさと客席に乗り込んだ。

頭上に空を切る鞭《むち》が鳴って、ゆっくりと動き始めた。旧式の箱型馬車は、蹄《ひづめ》の音を響かせながら南西のシュヴィーロフセに続くツェッペリン通りを進んでいく。

大通りの右側には、色取り取りの壁色をした新築住宅が延々と並んでいた。この一画は、住宅不足解消のため街が団地を建設した地区なのだ。

二十分ほど揺られていると少しずつ住宅の数も減っていき、あっという間に黒々とした木立に入った。

更に二十分ほど揺られた森のなかで、不意に馬車が止まった。窓から首を覗かせると、馭者が左手の森を指している。其処には、すっかり草に埋もれた岐路が森の奥へ続いていた。此処から先は自分たちで行けという意味なのだろう。

大尉は横柄な口調で行けと命じたが、馭者は頑として聞き入れなかった。長いこと手入れのされていないその道は凸凹《でこぼこ》しており、確かに馬車で進むには少々危なっかしい気もした。仕方なく馬車を降りて、皺だらけの手に運賃を摑ませる。馭者は直ぐに馬車の向きを変え、来た道をさっさと戻っていった。

青々とした草を踏み分けて、私たちは森の道を進んだ。目に染みるような緑と、乱立する黒色の太い幹だけが視界の全てだった。

濃密な草木の匂いを全身に浴びながら十分ほど歩くと、不意に赤煉瓦の門が姿を現した。蔦《つた》の絡んだ門扉から覗くのは、白っぽい石造りの洋館だった。曲線の乏しい無骨な二階建てで、鎧戸《よろいど》の閉まった窓が等間隔に並んでいる。

「思っていたよりも綺麗ですな」

額の汗を拭いながら、大尉が呟いた。

門扉の取手には鎖が何重にも巻かれていたが、周囲の鉄柵には抜け落ちている箇所もあった。大尉は躊躇《ためら》うことなく其処から身を滑り込ませる。私もその後に続いた。

斑《まだら》に伸びた芝生を横切り、屋敷の玄関に向かう。此方の扉は、矢張り固く鎖《とざ》されていた。扉をがたがたと揺らしながら、大尉は駄目かと呟いた。

灰色の壁に沿って、屋敷の裏に廻る。

「ほらセンセイ、ご覧なさい」

大尉が嬉しそうに指した先には、背の低い竹垣に囲まれた草庵風の茶室が鎮座していた。早速歩み寄って周囲を検《あらた》める。想像していたよりも随分と小さな茶室だった。

細い木の柱と土壁を組み合わせ、東西に茅葺《かやぶき》の屋根が迫《せ》り出した建屋で、北と東の壁には竹格子の打たれた小ぶりな窓が、茶道口《さどうぐち》と呼ばれる障子戸は屋敷と反対の西側に、そして例の躙り口は南の壁に開いていていた。

茶道口から屋内に入る。窓から差し込む陽の帯が、薄暗い闇を茫《ぼう》と滲ませていた。

炉を囲んだ三畳の造りで、黒っぽい畳には厚く土埃が積もっていた。それでも、十年間棄て置かれたにしてはかなり綺麗な方だ。日本と違って、ここは空気が乾いているからだろう。炉の向こうには緩やかに曲がった幹をそのまま使った柱が伸びて、違い棚の一部を形成していた。床の間もあったが、当然今は何も掛かっていない。

「中将はこの辺りに倒れておったようですな」

大尉は靴のまま炉の脇に立ち、手を合わせた。私もそれに倣う。

「……思っていたよりも狭いが、まあ、屠腹《とふく》に見せかけて殺すのには十分な広さでしょう。仮令《たとえ》騒がれても、屋敷まで声が届くとは思えん」

　大尉は腰に手を当て、東の窓から外を窺った。屋敷までの距離は二十米《メートル》近くあり、鬱《うっ》蒼《そう》とした西側の庭木までも十五米近くあった。

　漫然と屋内を見廻していた私の胸に、ふと小さな疑念が湧いた。躙り口の前で膝を突き、建付けの悪い板戸を無理矢理横に動かす。

「どうかしましたか」

「いや、君の云う中将を抱えたノルベルトの足跡は、この躙り口まで延びていたんだよね？　それに、中将の革靴もここで脱がれていた」

「ノルベルトが偽装したんでしょう。ソコから中将の身体を押し込んで、自身も屋内に入る。ひと仕事を終えた後は、ココで夜が明けるのをひたすら待った。足跡に気が付いた爺さんがやって来た時には、茶道口から抜け出して北の軒下にでも隠れていれば見つかりますまい。爺さんがなかに入ったのを見届けてから、恰《あたか》もたった今駆け付けたかのように振る舞った。従って犯人はノルベルト・ヴェルマー、これで決まりです」

　私は首を傾《かし》げる。

「それだよ、どうしてノルベルトは茶道口を使わなかったんだろう」

「どういう意味です」

「だってそうだろう？　見ての通り躙り口は狭くて、幾ら昏睡しているからって、大の大人を押し込んだりその後から入ったりするのは至極骨が折れた筈だ。態々《わざわざ》そんな苦労せずとも、茶道口なら立ったまま入ることだって簡単に出来た。それに、靴を躙り口の前に置いたってことは、ノルベルトも中将は此処から入ったんだと周囲に思わせたかったことになる。それはどうしてなんだろう？」

　大尉は腕を組んだ。

「……そもそも茶道について詳しく知らんのですが、この躙り口つうのはどうしてこうも狭いんです」

「千利休の考案だったと思うよ。戦国時代っていう絶対的な封建社会に於いて、茶室に入るには誰であろうと刀を外して頭《こうべ》を深く垂れなくちゃならない。だから其処で、身に纏《まと》った全ての肩書、つまり己というものを棄てるというような」

　ふうむと唸りながら、大尉は開かれた躙り口を睨む。

「ノルベルトは勘違いしておったんじゃないですか。事件前日、奴は中将に招かれてココに入っている。日本通の奴は、センセイが云ったような作法は知っておったんでしょう。ただ、客人だけでなく主も含む茶室に入る全ての人間が躙り口を使うんだと間違えて理解していた」

「そんな勘違いをするもんかな。それに、これも実際に現場を見て思ったんだが、若しノルベルトが茶室に隠れていて、ギルディッシュ翁の来訪と入れ替えに茶室から離れたのなら、その足跡が雪の上に残っている筈じゃないのかね？　それだけ大廻りをしたのだとしても、茶室から離れた奴の足跡が無いのは可怪《おか》しいよ」

「そりゃあ、アレですわ、そもそも爺さんが気付かなかったんです。それで、駆け付けた警官たちがそうとも知らずに踏み消してしまった。爺さんも知らん訳ですから、当然あの図にも記載はされておらん訳です」

「そんなことがあるかな」

「だって、そう考える他にないでしょう」

大尉は憤然と呟いた——しかし、彼自身納得しているような顔ではなかった。


夕刻、大尉と別れてホテルに戻ると、部屋には韮山君の姿があった。昨日の内に仕事を終え、朝一番の便でポツダムに来たらしい。私がホテルを出るのと丁度入れ違いだったようだ。

韮山君は無沙汰を詫《わ》びた後で、思い出したようにこう云った。

「そう云えば、正午過ぎにヴェルマー商会の社長が先生を訪ねてきましたよ。何処であんな大物と知り合ったんです」

「社長？　誰だろう」

「アーデルベルト・ギルディッシュです。知り合いじゃないんですか」

「ギルディッシュ翁なら顔見知りだけど、あの人は社長さんなの？」

「何だ、知らなかったんですか。ありゃ街の名士ですよ。このポツダムで知らん人間はおらんでしょうなあ。ヴェルマー商会自体大きな会社ですから従業員も多いですし、何より個人的にも色々と寄付をされていますから、正直、今の市長よりもよっぽど市民からの声望は高い」

私は、博士たちが旭日亭で翁に難癖をつけてきた理由を漸く理解した。国民社会主義を標榜《ひょうぼう》する彼らの目には、大企業の経営者であるギルディッシュ翁が憎むべきブルジョワジーとして映ったのだろう。

しかし、私の注意は直ぐ別の物に移った。ヴェルマー商会というその名前だ。

「ねえ韮山君、そのヴェルマー商会って会社と、昔この街にいたノルベルト・ヴェルマーっていう資産家は何か関係があるの」

「こりゃまた懐かしい名前を。何処で聞いたんですか。ノルベルトって云ったらヴェルマー商会の前の社長ですよ。どうにも貴族趣味な男でしてね、ああ、日本の美術品なんかも随分集めていたらしいですが、三年ぐらい前だったかな、森で狩りをしている最中に崖から落ちて死んだんです。それで、副社長を務めていたギルディッシュ氏が急遽後を継いだという」

経済面を担当しているだけあって、韮山君は詳しかった。アーデルベルト・ギルディッシュは元々然《さ》る日本人の下で働いていた所、ノルベルトに商才を買われてヴェルマー商会に入り、以降副社長として大いに辣腕を振るったのだそうだ。その日本人とは他でもない、退役陸軍中将の朽木重吾だった。

目の前に現れた新事実に、私はすっかり驚いていた。そんな私を不思議そうに眺めながら、韮山君はそう云えばと手を打った。

「先生にお伝えしなくちゃいけないことがありました。良いニュースですよ。実はウチのベルリン支局に、那珂川二坊について尋ねてきたドイツの若者がいたんです」

「私のことを？」

「そうですとも。自分が応対に出たんですがね。ハイデルベルク大学で東洋文化を研究している男子学生で、日本から取り寄せた文献を包んだ新聞に、先生の作品が載っていたらしいんです。気になって翻訳してみたら、中々面白かったと。どんな作家なのか訊いてきたんで、そりゃあ立派な、日本を代表する小説家だと太鼓判を押しておきました」

私は息を呑んだ。ハイデルベルク大学――鴉《からす》のように骨張った博士の顔が、私の脳裏を過《よぎ》った。

「元々は、日本の文化に関して教えを請いにウチを訪ねたみたいでして。社にあった本を幾つか貸してやったら、随分と喜んでました。先生のことは、その遣り取りをしているなかで訊かれたんですよ」

「彼はなんと」

「そうですかと神妙な顔をしていました。いやあ、先生のご高名が遠くベルリンにまで届いておったとは誇らしい話ですなあ」

満足そうに頷いた後で、韮山君は一転して顔を曇らせた。

「ところで、これは謝らにゃならんことなんですが、先生には随分とご迷惑をお掛けしました」

「今度は何だい」

「此処の雰囲気ですよ。ポツダムならのんびり出来るだろうって思ったんですが、ベルリンよりも余ッ程酷いじゃありませんか。今日だって、駅からの道中で全然馬車が捉まらなくて、どうしてかと思ったら、私が日本人だからなんです。外を歩いても、昼飯の為《ため》に入った店でもそうでした。連中の態度の刺々《とげとげ》しいことったらありゃしない。こりゃあもうドイツは諦めた方がいいですな」

韮山君は余程憤慨しているのか、次の候補地を見つけてくると云って、その日の内に再びベルリンへ戻ってしまった。


大尉が私の許を訪れたのは、それから二日後のことだった。

少し歩きませんかというので連れ立って外に出た。韮山君の忠告で外出は極力控えていたのだが、二人なら滅多なこともないだろう。既に時刻は三時を廻り、麗らかな街はゆっくりと翳り始めていた。

大尉は酷く難しい顔をしていた。これまでの横柄な佇《たたず》まいはすっかり鳴りを潜め、唇を真一文字に結んだまま私の隣で足を進めている。

会話が無いのも気拙いので、先日韮山君から聞き知ったギルディッシュ翁の一件を話してみた。驚くかと思ったが、大尉はそうらしいですなと呟くだけだった。どうやら既に知っていたようだ。

何処をどう歩いたのか、悠々と流れるハーフェル河に行き当たった。何方《どちら》からともなく足を休め、雲母のように輝く川面《かわも》に目を落とす。

大尉が私の名を呼んだ。

「朽木中将の件ですがね。よく考えたんですが、ありゃノルベルトが犯人じゃありませんな」

「何だって」

「ノルベルトの足跡の件もそうですが、センセイの指摘した躙り口のことがずっと気に掛かっておったんです。だから俺も色々と調べてみたんですが、亭主つうのは客が入った後に茶道口から入るんですよ。だから、あの日ノルベルトが中将に持て成されておったのなら、奴がそれを間違う筈ない。従ってノルベルトは犯人じゃない」

「しかし、そうなると」

「二から一を引いたら残りは一ですよ、センセイ。犯人はギルディッシュです」

大尉は靴の先で小石を強く蹴った。

「奴は、小屋に入っていくノルベルトを見たと云っていました。客としてお茶席に招かれたノルベルトは、身を屈《かが》めて躙り口から入っていったことでしょう。それを屋敷から見たギルディッシュは、アソコはそういう場所なんだと思い込んだ。だから、昏睡した中将を抱えて茶室に向かった時も、当然のように躙り口を選んだ」

「だがあの人には動機がない。仮令《たとえ》茶器だと知っていたとしても、それを欲しがる理由なんて」

「あの爺さんが、我々が思っている以上の悪人だったとしたらどうです」

吐き棄てるような口吻で、大尉は云った。

「ノルベルトが幾ら頼み込んでも、中将は最後まで頑として聞き入れなかった。そこで一部始終を傍《はた》から見ていたギルディッシュは、奴にこう耳打ちした。自分が何とかしてやるから、と。二人がグルだったとしたら、我々に出来ることは何もありません。警察署で見た現場の略図だって、ギルディッシュとノルベルトが自分たちに都合の良いように口裏を合わせて証言した結果の産物なんですから。全てが嘘だったんですよ」

「だったら、ギルディッシュ翁がその後でヴェルマー商会の副社長になったのも」

「その謝意として、ノルベルトが招き入れたんでしょう。元からそれを対価に要求しておったのかも知れませんが」

「待って呉れ。ノルベルトは狩猟の最中に崖から落ちて死んでいる。その後を継いだのはギルディッシュ翁だ。若しかしてそれも――」

いやと大尉は強い口調で私を遮った。

「そこら辺りで止めておきましょう。どうせ結局は推測に過ぎんのですから」

大尉はそのままじろりと背後を見遣った。連《つ》られて振り返った私は、眼前の光景に言葉を失った。

夕闇に染まり始めた往来では、少なからざる人々が遠巻きに此方を眺めていた。老若男女入り乱れたその集団は、誰も彼もが貧相な装いで、皆草臥《くたび》れ切った顔をしていた。そして、私たちに向けられた何《いず》れの視線からも、陰火のような怒りが滲み出ていた。

「あの若造の仕業なんじゃないかと思っておるんです」

纏《まと》わりつくそれらの視線を一望して、大尉が呟いた。そんな莫迦なと私は叫んだ。

「考え過ぎだよ。彼ひとりで何が出来るって云うんだね」

「でも、この街の連中がああなったのは、確かにあの若造と会ってからなんですよ」

「それは偶々だろう。どうしたんだい大尉、君らしくもない。第一、どうやって彼は人々を扇動したんだと――」

私は息を吞んだ。脳裏を過ったのは、杭《くい》でも打ち込まれたように背筋を伸ばし、上着の両ポケットに親指だけ突っ込んだ姿勢のまま、定期的に辺りを見廻して、小柄なその体軀に似ず大きな、しかしよく通る声で声高に自説を訴える博士の姿だった。絶句する私に、大尉は陰鬱な顔で顎を引いた。

「そういうことです。大衆の面前で恥をかかされた奴は、俺を同じ目に遭わせることで恨みを晴らそうとした。ただ、議論で勝つには攻撃あるのみ。一歩でも引いたら負けなんです。だからこそ、正面からじゃ俺には勝てんと理解しておるあの若造には、聴衆を味方につける必要があった。そこで奴は、あの晩ビア・ホールで打《ぶ》ったような演説をポツダム中で繰り返し、我々日本人に対するドイツ民衆の憎悪を煽《あお》りに煽った」

「そ、その結果があれだと云うのかね」

大尉は口を閉ざし、ただ肩を竦めてみせた。幾つもの視線を背中に感じながら、私たちは再び歩き始めた。

「一方で奴は俺に吠え面をかかせるため、日本の軍人に纏わる醜聞を捜し廻った。そのなかで朽木中将の一件を知った奴は、早速警察署まで出向いてその詳細を調べ上げ、この事件が自分の復讐《ふくしゅう》計画に組み込めることに気が付いた。偶々《たまたま》茶道に詳しかったとは思えませんから、それすらも後から調べたんでしょうな。兎に角、日本人である我々ならば、この事件の真相に気付き得ると奴は踏んだ。奴の目的は、この俺にギルディッシュは卑劣な殺人犯であると指摘させることだったんです」

「私たちにこの話をした時点で、ドイツ人の彼が事件の真相に辿り着いていたって云うのか。そんな莫迦な。そもそも、君が中将の自害に異を唱えるかどうかすら、彼には分かりようがないじゃないか！」

「奴にはそれでも問題無かったんですよ。俺が異を唱えなければ、即ち朽木中将は睡眠薬を嚥んで自害したことになり、俺は『臆病な帝国軍人なんていない』つう持論が誤りであったと認めざるを得ない。公衆の面前で俺に辱めを与えるつう奴の目的は、それで十分に果たされる訳です」

「それなら、ギルディッシュ翁を糾弾させることがどうして君への復讐になるんだ？　彼らからすればギルディッシュ翁は厭《いと》うべきブルジョワジーで、その社会的抹殺が目的だと云うのなら分かるけれども」

「センセイはお分かりになりませんか」

大尉は陰気に笑った。

「無論それも、目的の一つではあるでしょう。ただですよ、若し俺が、さっきみたいな連中が集まったビア・ホールで、街の名士であるギルディッシュを殺人犯呼ばわりしたらどうなると思います？」

「ま、真逆……」

「そう、袋叩き程度じゃ済まされんでしょうな。奴は何方に転んでも俺に一矢報いることが出来た訳です」

大尉は首の骨を鳴らし、長く息を吐いた。

「俺は余所《よそ》に移ります。丁度ベルリンのシュラハテン湖の傍に良い部屋が空いたらしいんでね。センセイもあの若造には近づかん方がよろしい。碌《ろく》なことにはならんでしょうからな」

「いいのかい。こう云ってはなんだが、逃げたと思われるよ」

「構やしません。どうせもう会うことも無いんですから。それに、正直感心しとるんですよ、俺は。奴の遣り口は確かに合理的だ。人間独りじゃあ出来ることなんざ限られてくる。だからこそ、動かすなら個の集った群衆であるべきなんだ」

大尉は昏《くら》い顔で嗤《わら》いながら、億劫《おっくう》そうに私を一瞥《いちべつ》した。

「探偵の真似事も中々楽しかった。またどこかでお会い出来たらいいですな。それじゃ」

大尉は小さな目礼を残し、暮色に染まり始めた石畳の路《みち》をゆっくりと歩み去った。

*

本当にポツダムから去ったのか、それ以降、私が大尉の姿を目にすることはなかった。そしてギルディッシュ翁も、私の目の前には二度と現れなかった。

三日後、韮山君からハーグにホテルが取れたと連絡があった。ベルリンからアムステルダムを経由した旅券が届いたのは、その翌日だった。

ポツダムを発つ前日、私は何とはなしに旭日亭を訪れてみた。

扉を押し開けた途端、がやがやとした店内の喧騒《けんそう》は潮の引くように収まっていった。店中の視線が私に向けられる。それは怒気を含んだものから、空虚なものまで様々だった。追い出されるかと思ったが、幸か不幸か、そんなことはなかった。黒ビールとソーセージの盛り合わせを注文し金を払う。以前は親しげだった店主も、遂《つい》に目を合わせては呉れなかった。

壁際の席でソーセージを突いていると、不意に肩を叩かれた。其処には、満面の笑みを浮かべた博士が立っていた。

「久しぶりだね。事件の調査はどんな塩梅《あんばい》だい？」

私は一寸云い淀《よど》んだが、フォークを置き、正直に大尉がポツダムから去った旨を伝えた。

「そうかい、それは残念だ」

勝ち誇るのかと思っていたが、案に相違して、博士は至極残念そうな顔になった。その反応に、私は大尉の選択が決して間違いではなかったことを改めて知った。

「まあそれはいいとして、ところで君、君は日本じゃなかなか名の売れた小説家なんだそうだねえ、知らなかったよ」

緊張で大きく膨らんだ胸の裡を、いきなり太い針を刺されたような気持ちだった。すうすうと漏れ出る冷たい風が、肚の底をゆっくり冷やしていく。そんな私の虚しさなど知らぬ顔で、博士は隣の椅子を引き、親し気な様子で腰を下ろした。

「実は僕も小説を書いているんだ。ただ、至極残念なことに今のドイツじゃ出版業界は無教養なユダヤ人どもに支配されている。奴らは僕がユダヤ人じゃないってだけで原稿を突っ返して来るんだから、全く以てお話にならないよ。今だって或る一大叙事詩を執筆中なんだが、これが評価されないようじゃドイツ文学に未来は無いと云ってもいいね」

どう答えたらよいのか分からず、私はただ曖昧に頷いていた。

「しかし、あの大尉とはもう一度話がしたかったな。無礼な男だったが、迫力だけはあっ

いたが」

た。ねえ君、彼は日本じゃ有名な軍人なのか？　名前は……そうだ、笑顔《レッヒエルン》とか巫山戯《ふざけ》てい

たが」

　私は首を横に振り、莞爾《かんじ》という彼の名前には笑顔という意味があるのだと説明した。

「へえ、日本人というのは変な名前を付けるものなんだね。まあいいさ。折角だから僕の名前も覚えておくといい。いずれ世界に名を轟《とどろ》かせる大文豪となる男だから」

　博士は朗らかに笑いながら、悠然と私に手を差し伸べた。

「僕の名前はゲッベルス。パウル・ヨーゼフ・ゲッベルス」

「帝国妖人伝」——三人目、石原《いしわら》莞爾

幕間

思い出したような生臭さが鼻を突いた。

私の腕のなかで、妻がひと際大きく身体《からだ》を顫《ふる》わせた。身体を捩《よ》じり、再び血の塊を吐き出す。水っぽい音を立てて、沓脱《くつぬぎ》の上に泡混じりの血が飛び散った。

ポケットから手探りで懐紙の束を摑《つか》み出し、涙と鼻汁と血で汚れた妻の顔を拭う。妻の手は抗《あらが》うように動いたが、力尽きたのか途中でのろのろと落ちていった。

「だから云《い》ったろうに、無茶はいかん」

詰問口調にはならないよう気を付けながら、それでも云わずにはいられなかった。普段は寡黙な妻が、今晩に限ってどうしても月を見たいと云い出したのだ。

生来の喘息《ぜんそく》に加えて結核にも冒されていた妻は、骨と皮ばかりの姿となって長らく病床に在《あ》った。医師曰《いわ》く左の肺は殆《ほとん》どが結核菌に喰《く》い荒らされており、右肺も余程進んでいるらしい。

結核病院や高原療養所《サナトリウム》に容《い》れるため、金策に奔走したこともあった。しかし、どれも上《う》手《ま》くはいかなかった。そのため、病勢が進むに連れて私は殆ど附《つ》きっ切りで介抱せねばならなくなった。

妻は常に三十七度後半の熱に浮かされ、毎時間血の混じった痰《たん》を吐いた。私は四六時中注意を払い、その粘っこい痰が喉を詰まらせぬよう掻《か》き出してやる必要があった。熱に魘《うな》されて剝ぎ取ったタオルケットを都度戻す日もあれば、がちがちと歯を鳴らし真夏にも拘《かか》わらず何枚もの掛け布団を重ねてやらねばならない夜もあった。本当に、嵐のような看病の日々だった。

臥《ふ》した妻はむっつりと押し黙り、常に何かに対して腹を立てているようだった。それが私の介抱の仕方に対してなのか、勝手の利かぬ己自身に対してなのかは分からない。不平不満を漏らすことは稀《まれ》だったが、隠しきれぬ苛立《いらだ》ちが、その所作のひとつひとつから滲《にじ》み出ていた。私は、もうすっかり草臥《くたび》れていた。

そんな妻が、珍しく自分から願望を口にしたのだ。

確かに今夜は、凄《すさ》まじいような月夜だった。幽《かす》かに黄味がかった大きな明月《めいげつ》は、南の空高くに在って周囲の夜を藍色に薄めていた。

絶対安静だということは勿論《もちろん》分かっていた。難色を示す私に、妻はしつこく食い下がった。三十何年一緒にいて、そんなことは初めてだった。それ故に、私は一抹の不安を感じながらも、妻を連れて縁側へ出ることにした——そして懸念通り喀血《かっけつ》し今に至る。

妻を横に抱きかかえて座敷へ戻る。私は己の腕と胸で、痩せ衰えたその肢体《したい》を改めて感じた。還暦を過ぎた爺《じじい》でも易々《やすやす》と抱き上げられる程、骨張ったその身体は軽かった。私はふと、庭の隅で立ち枯れたオリーヴの樹《き》を片付けていた時のことを思い出した。見て呉《く》れの幹はしっかりしているようで、その実、中身はすかすかの空洞だった。いま両腕に抱えているのは、まさにあの空虚さなのだ。

布団に横たえてタオルケットを掛けてやる。妻は有難うと呟《つぶや》き、大きく息を吐いた。

「満足したかね」

そう口にしてから、少し皮肉が過ぎたかと思った。しかし、妻は薄く目を開けたまま、はいと小さく顎を引いた。

「昔を思い出しました」

そうかいと口にした途端、胸底に淀《よど》んでいた或《あ》る思いが俄《にわ》かに湧き起こった。

「済まなかったな」

「何がです」

「お前を放り出して、独りのうのうと海外を旅行なぞしていたことだ」

不意に肚《はら》の底が熱くなった。

「己《おれ》がいたからって何か出来た訳でもないが、それでも済まなかった。矢《や》っ張《ぱ》り、何とか椿日報社《つばきにっぽう》を説き伏せて、その分の金もお前の治療費に充てられれば良かったんだ。そうしたら、もっと早くちゃんとした治療が受けられたんだ」

私は枕頭に躙《にじ》り寄った。しかし、妻は物憂げな一瞥《いちべつ》を此方《こちら》に寄越し、仕方ないでしょうと呟くだけだった。

「それがお仕事だったのだから」

私は黙って腕を組んだ。頭から思い切り水を浴びせられた気持ちだった。下っ腹の熱は直《す》ぐに消え失《う》せ、今はただ冷たい風がすうすうと抜けていた。

昔からこうなのだ。ここで思い切り罵声でも浴びせ掛けてきたのなら、また違ったかも知れない。しかし、私たちの会話はいつもこうやって鉈《なた》で断ち切ったように終わる。今更怒りを感じることも無い。今更そんなことを云っても詮方《せんかた》ないだろう。

何とも厭《いや》な気持ちだった。言葉を重ねることも阿呆《あほう》らしかった。

重苦しい沈黙が辺りに充《み》ちていく。私は堪え切れずに立ち上がり、縁側に出た。蒼白《あおじろ》く平べったい沓脱《くつぬぎ》には、妻の吐いた血が残っていた。暗がりに在って無数の泡が混じったその血痕には、真白《まっしろ》い月が爛々《らんらん》と映っていた。

ふと、初めてこの家で妻を迎えた日のことを思い出した。あの時も、確か今夜のような凄まじい月が出ていた。

当たり前だが、妻は酷《ひど》く緊張していた。無理もない話だ。何せ見合いや式でも、殆ど言葉を交わしたことは無かったのだから。それで——ああそうだ、私はその緊張を解《ほぐ》すため、葡萄酒《ぶどうしゅ》を飲ませたのだ。

向かい合って初めての夕餉《ゆうげ》の膳を突《つつ》いていた最中、不意に顔を上げた妻は庭を望み、こんな大きな月は見たことがありませんと云った。会話が途切れ勝ちであったことを気にしていたのだろう。恥じらうような表情がそう物語っていた。

私は思い立って、厨房《ちゅうぼう》の戸棚から二つのグラスと紅《あか》い葡萄酒の罎《びん》を取り出し、驚いている妻の手を引いて庭に下りた。

片方のグラスを妻に持たせ、私は双方になみなみと葡萄酒を注《つ》いだ。暗いその液面には、夜天の丸い月影がはっきりと映っていた。私は己の分をひと息に呷《あお》り、不安そうな面持ちの妻に対して、こうやって呑《の》み込んで仕舞《しま》えば、今月今夜のこの月を、きっと身体が覚えている筈《はず》だと云った。妻は目を瞠《みは》りながら、やがて花が開くように微笑《ほほえ》み、私と同じように葡萄酒を干した……。

寂しい笑みが自《おの》ずと口の端に滲んだ。全く以《もっ》て気障《きざ》な真似《まね》をしたものだ。思い返せば全く噴飯物である。汗顔の至りである。しかし、あの時は確かに何の衒《てら》いも無かったのだ。

妻の吐き出した血塊には、あの晩と変わらぬ満月が少し歪《ゆが》んで映っていた。肚の底が重たかった。あの夜一緒に呑み込んだ月を、妻は先に吐き出してしまった。愈々《いよいよ》お終《しま》いであるような気がした。

背後で私の名を呼ぶ声がした。

妻は暗い天井を真《ま》っ直《す》ぐに見詰めていた。私が枕元に膝を衝《つ》くと、倦《う》んだ視線を此方に寄越した。

「私が死んだら、あなたはどうします」

「何だって」

「私が死んだら、お金のこととか、余計なことは考えずに済むでしょう。あなたはどうなさるのです」

「何だいきなり、莫迦《ばか》なことを云うんじゃない」

「でも、あなたには書きたい物があるのでしょう」

妻の言葉は私の胸を刺した。頭に血が昇るのが自分でも分かった。

「莫迦！　お前に何が分かると云うのだ」

激昂《げきこう》する私を見詰めたまま、妻は愈々冷静に分かりますと返した。

「三十二年も一緒にいれば、厭でも分かります」

私は咄嗟《とっさ》の返しに窮した。

「私を云い訳に使うのは止《よ》して下さい。あなたは、あなたの書きたい物を書けば宜《よろ》しいじゃありませんか。何を惧《おそ》れていらっしゃるのです」

肚の底で圧《お》し殺していた数多《あまた》の言葉が込み上げて、喉に閊《つか》えた。私は顔を背け、そのまま縁側に出た。

鼓動は早鐘のようだった。胸の裡《うち》が冷たいような、又は熱いような何とも妙な気持ちだった。

緩やかな風が吹き、立ち込めた生臭さを追い払った。

のろのろと沓脱に目を落とす。

墨汁を零《こぼ》したような血痕には、もう何も映ってはいなかった。

第四話　春帆飯店《チュンファンファンディイエン》事件

風船の割れるような乾いた音が、立て続けに三回鳴った。

灰皿に伸ばしかけた手を止めて、私は中腰のまま背後の窓を振り返った。砂塵《さじん》に塗《まみ》れた硝子《ガラス》の向こうでは、鉄格子を挟んで赤紫の夕空が広がっている。眼下に延びた石畳には、影法師のような人影が四つばかり蠢《うごめ》いていた。

暫《しば》しの間そのままの姿勢で往来を窺《うかが》っていたが、がたがたと窓枠が風に揺さぶられる他は特に変化も無い。聞き間違いだったかと胸を撫《な》で下ろした刹那《せつな》、先程よりも大きな音が窓の向こうに響き渡った。心臓が縮み上がる。外の人影も、石を投げ込んだ磯《いそ》の小魚のように直《す》ぐ見えなくなった。

「あまり顔を寄せない方がよろしいですよ」

脚を組み直しながら、江見《えみ》中尉がやんわりと云《い》った。

「流石《さすが》に撃ってくるようなことは無いでしょうが、流れ弾が中《あた》らないとも限りませんから」

矢張り銃声だったのだ。此処《ここ》が戦場であることを改めて認識し、私は慌てて身を引いた。

取り出した手巾《ハンカチ》で汗を拭う私の姿を、中尉は悠然と眺めていた。四十近く年下の、未《ま》だ青年と云っても差し支えない彼の視線に、私は赤面せずにはいられなかった。

「いや、どうも慣れなくてね」

口にしてから云い訳がましかったかと後悔したが、中尉は朗らかに笑うだけだった。

「お気になさらず、それが当たり前ですよ。戦地では慣れというのが一番恐ろしい。近くで銃声が聞こえたら身を隠すのが当たり前です」

「中尉は上海《シャンハイ》駐留も長いのかね？　ああいや、これは軍機に関するのかな」

「いえ、構いません。そうですね、真珠湾の前に赴任して以来ですから、三年と少しですか。中々《なかなか》面白い街ですよ、此処は。こんな非常時でなければ、私が先生をご案内したのですが」

そうだねと返しながら、私は再び外の様子を窺った。赤光の薄まった早春の上海は、早速に夜の粧《よそお》いを始めていた。

日本文学報国会から上海慰問講演の依頼があったのは、昭和二十年二月八日のことだった。

文学報国会とは、数年前に設立された内閣情報局の外郭団体である。小説家のみならず劇作家や詩人、評論家など、凡《およ》そ文筆家と謳《うた》われる者は須《すべか》らく国家の要請する所に従い、国策の周知徹底・宣伝普及に挺身《ていしん》し、以《もっ》て国策の施行実践に協力すべしという理念の下、大東亜戦争完遂のために編成された組織だった。中里介山《なかざとかいざん》君や内田百鬼園《うちだひゃっきえん》君などは入会を拒否したそうだが、文学者たる自負のある者の大半はその名を連ねていたように記憶している。勿論《もちろん》、私を含めてである。

二月八日は底冷えのするような日だった。

日付までしっかりと覚えているのは、その日が丁度《ちょうど》大詔奉戴日《たいしょうほうたいび》だったからだ。早朝の一斉体操の後も、つけ放しのラジオからは「海ゆかば」や「愛国行進曲」等の戦時歌謡が勇ましく鳴り響いていた。前日に妻の十三回忌を終えた私は、仕出し弁当の残りで簡単な朝餉《あさげ》を済ませてから、いつものように原稿に向かっていた。

浅草光月町《こうげつちょう》の自宅をその男が訪れたのは、正午を過ぎた辺りだった。

縞《しま》の背広に黒い外套《がいとう》を着込んだ顔色の悪い男で、差し出された名刺には徳富蘇峰《とくとみそほう》氏の名前が刷られていた。男は蘇峰氏の私設秘書だった。

私は酷《ひど》く驚いた。徳富蘇峰といえば、明治の中頃から堂々たる論客として東亜にその名を馳《は》せ、特に昭和十六年の東條《とうじょう》内閣にあっては、請われて宣戦布告の詔勅を添削したとも云われる大人物だからである。

当然面識などある訳もなく、人違いではないかと尋ねてみたが、秘書氏の返答は否だった。

「自分は徳富の代理で、此方《こちら》をお渡しに伺ったのであります」

一先《ひとま》ず上がるよう勧めた私の言葉を聞き流して、秘書氏は一通の封書を恭《うやうや》しく差し出した。表には闊達《かったつ》な筆致で、「親展　那珂川二坊殿《なかがわふたぼう》」と書かれていた。

「那珂川先生に於《お》かれましては、日本文学報国会からの派遣という形で上海第一陸軍病院へ慰問講演に行って頂きたいのであります」

封筒を受け取ったまま動けないでいる私に、詳細は其処《そこ》に書いてあるのでとだけ付け足して、秘書氏は一礼ののちさっさと出て行った。遠ざかるその背を呆然《ぼうぜん》と見送りながら、私は漸《ようや》く蘇峰氏が文学報国会の会長であったことを思い出した。

封筒に収められていたのは、蘇峰氏直筆の依頼文だった——この重大局面にあって、我々もより一層の報国運動に身を奉じなければならない。殊《こと》に苛烈を極める支那戦線に於いて皇軍将兵諸君の士気向上を図ることは肝要の課題であり、その大役は文壇の長老たる貴殿を措《お》いて他に無い——云々《うんぬん》。流れるような筆致で認《したた》められていたのは、凡そそのような文章だった。

決して長くはないその文章を幾度も読み返している内に、私は静かな昂奮《こうふん》が肚《はら》の底から迫《せ》り上がってくるのを感じていた。それは、こんな自分にも未だ活躍の場が残されていたのだという喜びだった。

明治四年生まれの私は、今年で七十五になる。思い起こせば一高を卒業した後、博文館《はくぶんかん》で校正をしながら書いた作品を尾崎紅葉《おざきこうよう》先生に褒めて頂き、爾来《じらい》五十年余りペンを走らせてきたことになる。

書き続けることが出来たのは幸運だったと云う他ないが、それでも、世間で騒がれるような作品を梓《あずさ》に上《のぼ》すことが出来なかったことには、矢張り文学を志した者として忸怩《じくじ》たる思いがあった。

栄誉が欲しかったのかと問われれば、そうだと答えよう。胸を張って我文学者也《なり》と名乗れるような誇りが、私は欲しかった。那珂川二坊という物書きが存在したことを、何とかしてこの世に刻みたかったのだ。

中支出征中だった火野葦平伍長《ひのあしへいごちょう》の「糞尿譚《ふんにょうたん》」が芥川《あくたがわ》賞を受賞した際、文藝春秋《ぶんげいしゅんじゅう》社が支那に特派員を遣《や》って陣中授与式を行うという噂《うわさ》を耳にした。私は直ぐに紀尾井町《きおいちょう》の本社を訪ねて、自分が正賞の時計を持って行こうと申し出た。しかし、応対に出た編集次長はアハハと笑って終《しま》いだった。

戦地に赴き、威武燦《いぶさん》たる皇軍の雄姿を記すペン部隊にも幾度となく志願をした。だが、七十を越した老人とあっては受け入れる部隊の方が迷惑がったのか、遂《つい》に一通の返信も無かった。

口惜《くや》しさよりも虚《むな》しさが勝《まさ》った。半世紀近く書き続けた私の手元には結局何も無い。なにくそと奮起して大作に取り組むだけの気力も、今の私には枯渇していた。

その内に私よりも遥《はる》かに若い作家たちが次々と戦地へ赴くようになり、やがて大東亜聖戦の華と散った。『祖母の餅』の泡寺天六《あわじてんろく》君は北支で、『豆を煮る』の南方拾草《みなみかたじゅうそう》君はガ島で、『深川奇譚《きたん》』の相川笙寂《あいかわしょうじゃく》君は遥か南溟《なんめい》で見事に散華《さんげ》した。誰も彼も、素晴らしい才能の持ち主だった。

彼らの訃報に触れる度《たび》、私は胸が締め付けられるようだった。そして同時に、絶対に勝たねばならぬという決意を強くした。

我々は勝たねばならぬ。石に齧《かじ》り付いてでも勝たねばならぬ。さもなくば、異邦の地に斃《たお》れた彼らが報われない。だから、何があってもこの戦争には勝たねばならないのだ。

しかし、そんな聖戦完遂のため、仇敵撃滅《きゅうてきげきめつ》のために私はいったい何が出来ているだろうか。せいぜい近所の防空演習で音頭を取るか、戦時国債の購入ぐらいではないのか。

このままではいけないと強く思った。こんなことでは断じていけない。逸《はや》る気持ちは肚の底で焦がれ、息苦しさだけが日々募っていった。

そんな私に、初めて活躍の場が与えられたのだ。

私と同じ明治四年の生まれには国木田独歩《くにきだどっぽ》君や田山花袋《たやまかたい》君が、一つ年下には島崎藤村《しまざきとうそん》君や岡本綺堂《おかもときどう》君、それに樋口一葉《ひぐちいちよう》女史など錚々《そうそう》たる顔触れが並ぶ。哀《かな》しい哉《かな》、彼ら彼女らと私では最早《もはや》比ぶべくもないが、それでも私は生きている。自分の足で上海まで赴き、此度《こたび》の戦争こそ帝国有史以来の重大事であり、皇国興廃の重責は諸君の双肩に掛かっているのだと自分の言葉で将兵たちに訴えることが出来る。それは、既に白玉楼中《はくぎょくろうちゅう》の人と化した彼らでは絶対に叶《かな》わない偉業なのだ。

私は直ぐに筆を執り、快諾する旨の返事を認めた。

後日情報局から届いた企画書に依《よ》ると、時勢ゆえ同行者は無く、陸軍の輸送機で上海に渡って以降は現地の憲兵隊預かりになるとのことだった。

三月朔日《ついたち》、私を乗せた一〇〇式輸送機はいよいよ柏《かしわ》の飛行場から飛び立った。しかし、胸を膨らませる私の期待は早速挫《くじ》かれることになる。

此方の飛行場で私を迎えたのは、上海憲兵隊の江見契輔《けいすけ》憲兵中尉だった。中尉は手短に挨拶を済ませたのち、講演会が延期となった旨を私に告げた。明言こそされなかったが、どうやら近々《きんきん》に大規模作戦が展開されるらしく、早い話が呑気《のんき》に講演会など開いている場合では無くなったという訳だ。

私が気落ちしたことは云う迄《まで》もない。中止でなく延期であることが唯一の救いだった。私は江見中尉に導かれるまま、上海中心地区の豫園《ユイーユアン》から方浜中路《ファンバンチュンルー》を東に進んだ小東門《シャオドンメン》に建つ宿館「春帆飯店《チュンファンファンディエン》」に入った。

しかし、ここでもまた新たな不運が私を襲った。宿館からの外出を一切禁じられてしまったのだ。

どうやら虹口《ホンキュウ》の日本人街で頻発していた爆破事件の犯人がこの近所に逃げ込んだらしく、憲兵隊の手に拠《よ》ってこの辺り一帯が封鎖され、住民は勿論のこと、居留邦人の通行までも禁じられてしまったのである。

「上海の住民は、大概が居住地外に働きに出ています。それ故に我々が出入りを禁じれば、当然働きに出ることも叶わず日々の収入が途絶えることになります。連中にとっては文字通り死活問題ですから、その不満は封鎖の原因となった犯人一味、延《ひ》いては連中を匿《かくま》っている者にも向けられて、我々への通報に繫《つな》がるという寸法です」

封鎖の目的をこう説明した江見中尉は、もっと他に良い手立てはないのかと食い下がる私に笑顔でこう続けた。

「ナチスドイツではこのような場合、無作為に選び出した現地住民数十人の半分を先ず銃殺して、協力するなら残りは助けると持ち掛けていたそうですよ。それよりかはましではありませんか?」

江見中尉は痩せて背の高い、端麗な顔立ちの軍人だった。常に背筋を伸ばした姿勢の良さが特徴的で、流石騎兵科から転科しただけのことはあるというのが私の感想だった。

中尉は春帆飯店へ向かう道中、文学報国会へ打診する慰問講演会の講師に那珂川二坊を推挙したのは自分なのだと私に打ち明けた。何とも驚いたことに、中尉は士官学校の門を潜《くぐ》る以前から私の愛読者だったそうなのである。

だからこうして拝顔の栄を得たことは全く以て役得であると微笑《ほほえ》む中尉の手を、私は思わず握り締めていた。胸の裡《うち》で滾《たぎ》るこの感動を伝えるためには、それでも足りない位だった。

いったい、内地で憲兵といえば権力を笠《かさ》に着た血も涙もない権力悪の極限という印象でしかなかったのだが、江見中尉は物腰も柔らかく、私はすっかり彼のことを気に入っていた。

さて、春帆飯店である。

土壁か若《も》しくは煉瓦《れんが》造りの建物が多い上海には珍しく、春帆飯店は鉄筋二階建ての堅牢《けんろう》な造りだった。元々は然《さ》る銀行家の屋敷だったそうで、全ての窓に頑丈な鉄格子が備わっているのも強盗対策の名残とのことだった。

一階はロビーの他に食堂と小さな撞球場《どうきゅうじょう》があり、二階は給仕《ボーイ》の控室を除いた七つの客室から成っていた。部屋数が少ない分広さは十五畳近くあって、設備も蒸気暖房《スチーム》の他、各部屋に水洗便所と風呂場まで備わっているという、沙遜大厦《サッスーン・ハウス》や匯中飯店《パレス・ホテル》にも劣らない豪奢《ごうしゃ》な造りだった。

だが一方で、今の私にはその居心地の良さが辛《つら》かった。

此処からそう遠くない、黄浦江《こうほこう》沿いの十六舗《シーリウプー》と呼ばれる地域は、見渡す限りが瓦礫《がれき》の山だった。中尉曰《いわ》く上海占領時の激戦地だったらしく、非常時の証《あかし》たるその惨状を廊下の窓から望むたび、私は疚《やま》しさを感じずにはいられなかった。

春帆飯店では黙っていても三食が用意され、煙草《タバコ》などの嗜好品《しこうひん》にも不自由せず、空襲に怯《おび》えることも一切無く、蒸気暖房の効いた快適な部屋で自由な時間を過ごすことが出来た。本当に、内地では到底考えられないほど恬静《てんせい》とした毎日だった。

ややもすると鈍りそうになる尽忠報国の志を研ぎ澄ますため、私は江見中尉を持て成しては上海の情勢や日本の様子を尋ねてみるのだが、案の定と云うべきか、一寸《ちょっと》でも軍機に関わる話になると中尉の口は貝のように閉ざされてしまう。私は己を律しながら、切歯扼《やく》腕《わん》の日々を過ごしていた。

「おや、もうこんな時間ですか」

壁際の柱時計を確認した中尉が声を上げた。文字盤の針は六時十五分を少し過ぎた所だった。

「すっかり長居をしてしまって。美味《おい》しいお茶を御馳走様《ごちそうさま》でした」

「これからまた仕事かね」

紅茶のカップに注《つ》いであった玉露を飲み干して、中尉は草臥《くたび》れた笑みを浮かべた。

「公判の期日も迫っておりますので。飯を喰《く》ったら〇〇三〇《マルマルサンマル》……零時半まで打《ぶ》っ通しですよ。羅《ルオ》の奴《やつ》がなかなか強情で困ります」

折り目正しい礼を残して、中尉は部屋から出ていった。

江見中尉の部屋は突き当たりの二〇四号室で、その向かいにある二〇三号室が、目下彼の仕事場だった。私がこの春帆飯店に案内されたのも、この宿館が代理監獄として上海憲兵隊の管理下に置かれているからなのである。

二〇三号室の羅子墨《ズムオ》は、日本の軍律に従って死刑を宣告された囚人だった。

江蘇省《こうそしょう》の食糧統制管理局局長であった羅は、現地に駐留する支那派遣軍の命を受け、食糧確保のため民衆から米穀などを強制的に買い上げる任を負っていた。しかし、この男は早い段階から徴収物の一部を青幇《チンパン》や紅幇《ホンパン》などに横流しして、莫大《ばくだい》な私利を貪《むさぼ》っていたのである。

羅の汚行は、早い内から人々の口に上っていた。だが、曲り形《なり》にも背後に日本軍が控える羅子墨には、現地警察は疎《おろ》か南京《ナンキン》政府の調査機関さえも迂闊《うかつ》には手出しが出来ずにいた。そこで密告を受けた蘇州《そしゅう》憲兵隊が独自に調査を開始し、遂に昨年の末、捕縛へ至ったという訳だ。

　支那では昨年も蝗害《こうがい》の被害が甚大だった。村単位で餓死者が出る惨状にあって、独り私腹を肥やしていた羅に対する民衆の憎悪は当然激しかった。そのまま羅を収監しては他の囚人たちに嬲《なぶ》り殺されるだけだと判断した蘇州憲兵隊は、羅の身柄を密《ひそ》かに上海へ移し、この地で憲兵隊による取り調べと軍律に拠った裁判を執り行った。その際の担当が、件《くだん》の江見中尉だったのである。

　一月下旬に下された軍事法廷の判決は、大方の予想通り死刑だった。羅はそれを不服として満洲《まんしゅう》から招聘《しょうへい》した特別弁護人と共に上告したらしいが、最早無駄な悪足掻《わるあが》きでしかないことは、事情を訊《き》き齧っただけの私にも容易に察せられた。

　不正流通の全貌を暴くよう厳命されている江見中尉は、敢《あ》えて記録係も同席させずに独りで聴き取りを行っていた。到底部下には聞かせられないような宥《なだ》め賺《すか》しを駆使することで、羅の懐に入り込もうという魂胆なのだそうだ。法廷闘争の構えは崩さない一方で、民衆からの報復を恐れる羅は重度の神経衰弱状態にあり、中尉も訊問《じんもん》には大変な努力を要しているようだった。

　私が初めて羅子墨の姿を見掛けたのは、一週間ほど前のことである。

食堂で昼食を済ませ部屋に戻ろうとした私は、中尉に付き添われた見知らぬ男が一階へ下りて来る場面に出会《でくわ》した。太い捕縄で手首を縛られた姿に、私はそれが噂の死刑囚なのだと理解した。

　飢える民衆から私欲のために食糧を毟《むし》り取る貪官汚吏《どんかんおり》だと聞いていた私は、その容姿を勝手に目付きの悪い小太りの中年男性だと想像していた。しかし、豈《あ》に図らんや、実物の羅は弱竹《なよたけ》のように線の細い、鼻筋の通った四十半《なか》ばの男だった。支那の官吏としては珍しく、脂気の少ない黒髪は首筋まで伸ばされ、はらりと垂れた前髪の房も瞼《まぶた》に掛かる程だった。流石に頬は痩《こ》け、無精髭《ひげ》も点々と散らばってはいるものの不思議と不潔な印象は受けず、また此方を一瞥《いちべつ》した切れ長の双眸《そうぼう》は京劇の女役のようで、背負わされた罪状と容姿との差異が私にはどうにも妙な具合だった。これは後から知ったことだが、その時の羅は審理に臨むため、厳重な警戒態勢の下、四川北路《スーチョワンベイルー》の憲兵隊本部へ向かう所だったのだそうだ。

　そんなことは露知らず、出て行くといういことはいよいよ以て刑の執行かと其方《そちら》ばかり見ていた私は、真正面から来た誰かに思い切りぶつかった。

　勢いに負けて尻餅を突いた私の傍《そば》で、客室付給仕である李岩《リーヤン》が手元のトランクを床に落とした。周りをよく見ていなかったせいで、羅たちから離れてトランクを運んでいた李に私がぶつかってしまったのだ。

　撥条《バネ》が弾《はじ》けてトランクが開き、その衝撃で大きく膨らんだ革袋が跳び出した。口を結んでいた麻紐《あさひも》が緩かったのか、その途端袋からは、眩《まばゆ》いばかりの宝飾品が緩衝材の綿と共にごろごろと零《こぼ》れ落ちた。踏み磨かれた胡桃《くるみ》材の床に散らばるのは、煌《きら》めく大粒のダイヤモンドに深紅のルビー、蜂蜜色《はちみつ》のトパーズだけでなく、真珠の首飾りや白金の指環《ゆびわ》なども含まれていた。

荒っぽい足音と共に、啞然《あぜん》と立ち尽くす李が突き飛ばされた。凄《すさ》まじい勢いでその場に蹲《しゃが》み込んだのは、中尉の制止を振り切った羅だった。羅は手を縛されたまま、死に物狂いで宝飾品を搔き集めようとしていた。

李が運んでいたのは、羅のトランクだったのだ。駆け寄った江見中尉は羅の腹を蹴り上げ、その場にいた他の憲兵と共に羅を床に押さえつけた。拘束されながらも必死の形相で宝石に手を伸ばそうと藻搔《もが》く羅の姿は、金に対する彼の執着をまざまざと見せつけるものだった。

春帆飯店の二階には、あと二人の客が逗留《とうりゅう》していた。共に羅子墨の関係者で、二〇六号室が羅の主治医である白系露人《はっけいろじん》のヴァシリーサ・アレクセーエヴナ・ルキヤノヴァ女史、二〇七号室に逗留しているのが羅の特別弁護人、金東珍《ジンドンチェン》氏だった。

ヴァシリーサは顔立ちの整った矢鱈《やたら》と背の高い女性であり、金の方は短く刈った髪を油でぴったりと撫でつけた、黒眼鏡姿の胡散臭《うさんくさ》い小男だった。両名共に食事は自室で摂《と》っているのか、極《ご》く稀《まれ》に廊下で擦れ違う程度だった。

これは余談になるのだが、中尉と言葉を交わしている時の二人は、実に流暢《りゅうちょう》な日本語を口にしていた。金のみならず亜欧混血系《ユーラシアン》と思しきヴァシリーサまでもが巧みに日本語を操るという事実に、私は得も云われぬ感動を覚えた。満洲国の謳う五族協和も、決して夢物語などではなかったのだ。

急須から注いだ残りの玉露は、すっかり冷めていた。苦い後味を感じながら煙草を取り出した所で、扉がノックされた。

どうぞと声を掛ける間もなく扉は開き、李岩がさっさと入ってきた。その手には、小麦色の焼き菓子が並んだ皿を持っている。

「センセお待たせ。お菓子持って来たよ」

中尉の休憩に合わせて頼んだのだが、客人は既に帰った後だった。そうとも知らない李の誇らしげな顔に、私は苦笑しながら煙草の箱を向けた。チップの代わりである。李は莞《かん》爾《じ》と笑って、摘《つ》まみ出した一本を大事そうに上着のポケットへ仕舞った。

李岩は二階奥の控室に常駐している給仕である。客室には給仕控室直通の呼び鈴があり、それを押すことで李岩を呼び付けることが出来るのだ。

十七にしては未だ頰の辺りに幼さを残したこの青年も、違和感の少ない日本語を使った。何でも両親が海寧路《ハイニンルー》で料理屋を営んでいたそうで、年端もいかない時分から日本人との会話には慣れ親しんでいたのだという。

暇を持て余し勝ちな私にとって、李岩もまた善《よ》い話し相手だった。

李は私の部屋で茶を飲み菓子を食べながら、色々な噂話を教えて呉《く》れた。尤《もっと》もそれらは、例えば、温厚そうな江見中尉だが青幇や紅幇からは「笑虎」と恐れられていることや、また羅子墨が実は被虐趣味の男色家であり、食事を運んだ時に幾度も云い寄られて困っていることなど、決して私が望んだものでは無かったのだが。

中尉のカップを片付けながら、そう云えばねと李は声を潜めた。

「羅子墨が此処にいること、遂に西北社《シー・ペイ》の連中が気付いたみたいですよ」

「何だ、西北社って」

「なに、センセは西北社も知らないの」

李は呆《あき》れた顔で息を吐き、西北社とは藍衣社《らんいしゃ》やC・C団などの流れを汲《く》んだ、蔣介石《しょうかいせき》率いる重慶《じゅうけい》国民政府直轄の政治結社だと云った。

「だから最近になって見張りの兵隊さんが増えたのか」

「そうだよ」

「矢っ張り羅は命を狙われてるんだな」

当たり前だと李は顔を顰《しか》めてみせた。

「自分だけ美味しい思いしてたんだからね。だから羅子墨は余所《よそ》の飯店に移るかも知れなくて、支配人《ジンリィ》困ってたよ。羅がいて呉れたら、日本の憲兵隊にその分のお金払って貰《もら》えるけど、出ていったら貰えないからね。センセ、お菓子食べないの」

「もう直ぐ夕食だからな。お前はどうだ」

「いいの？　やったね」

李は向かいの椅子に腰を下ろし、早速マドレーヌを頬張り始めた。

「センセはいつまでいる予定なの」

「さて。先ずは江見中尉の手が空かないことにはどうにもならん」

「センセは日本人だけど優しいから好きだよ。ずっといてよ。朝食の卵おまけするようにコックに云うからさ」

単にチップの払いがよいからというだけなのだろうが、李は真剣な顔で私に迫った。優しく接すればつけ上がるだけだと中尉に指摘されたこともあるのだが、孫ほど歳《とし》の離れた李を見ていると、ついつい甘やかしてしまうのだ。

尤も、そろそろ身の振り方を考えなければならないこともまた事実だった。依頼を受けて此処まで来ている以上、私の判断で帰国する訳にもいかない。羅子墨を伴って江見中尉が余所の宿館へ移れば、私もそれに付いて行くことになるのだろうか。否、流石にその場合は帰国を命じられるかも知れない。

しかし、そんな私の心配は意外な形で裏切られることとなる。

羅子墨が自室で死んだのである。


荒々しいノックの音が夜の静寂を破ったのは、あと数分で二時になろうかという時だった。

食後にちびちびやっていた老酒《ラオチュウ》が良くなかったのか一向に眠気が訪れず、ソファに凭《もた》れ掛かって持参した『後拾遺《ごしゅうい》和歌集』を漫然と眺めている所だった。

吃驚《びっくり》して顔を上げると、直ぐに私の名を呼ぶ江見中尉の押し殺した声が聞こえた。

慌てて本を置き、扉に駆け寄って閂錠《かんぬき》を外す。扉が開き、小さく開いた隙間から、冷気と共に中尉が身体《からだ》を滑り込ませた。

「夜分遅くに申し訳ありません。お休みでしたか」

「いや、なかなか寝付けなくて。老酒を飲み過ぎたかな」

そうですかと、中尉は険しい顔のまま頷《うなず》いた。

「つかぬことを伺いますが、先生は今晩羅の部屋を訪ねましたか」

「何だって」

「羅子墨の部屋です。突き当たりの二〇三号室ですが、お訪ねになりましたか」

「いいや、彼とは喋《しゃべ》ったことも無い」

「本当ですか」

「勿論だ。何かあったのかね」

その問い掛けには答えず、中尉は私に付いて来るよう云って廊下へ出た。私は音楽を流していたラジオを切り、支那寝間着の上に外套を羽織ってその後を追った。廊下は酷く冷え込んでいた。

一階ロビーからの階段を中心に、二階には七つの客室が並んでいる。階段を上がって左の奥には李岩の待機する給仕控室があり、そこから時計廻《とけいまわ》りに二〇一号室から二〇七号室だ。

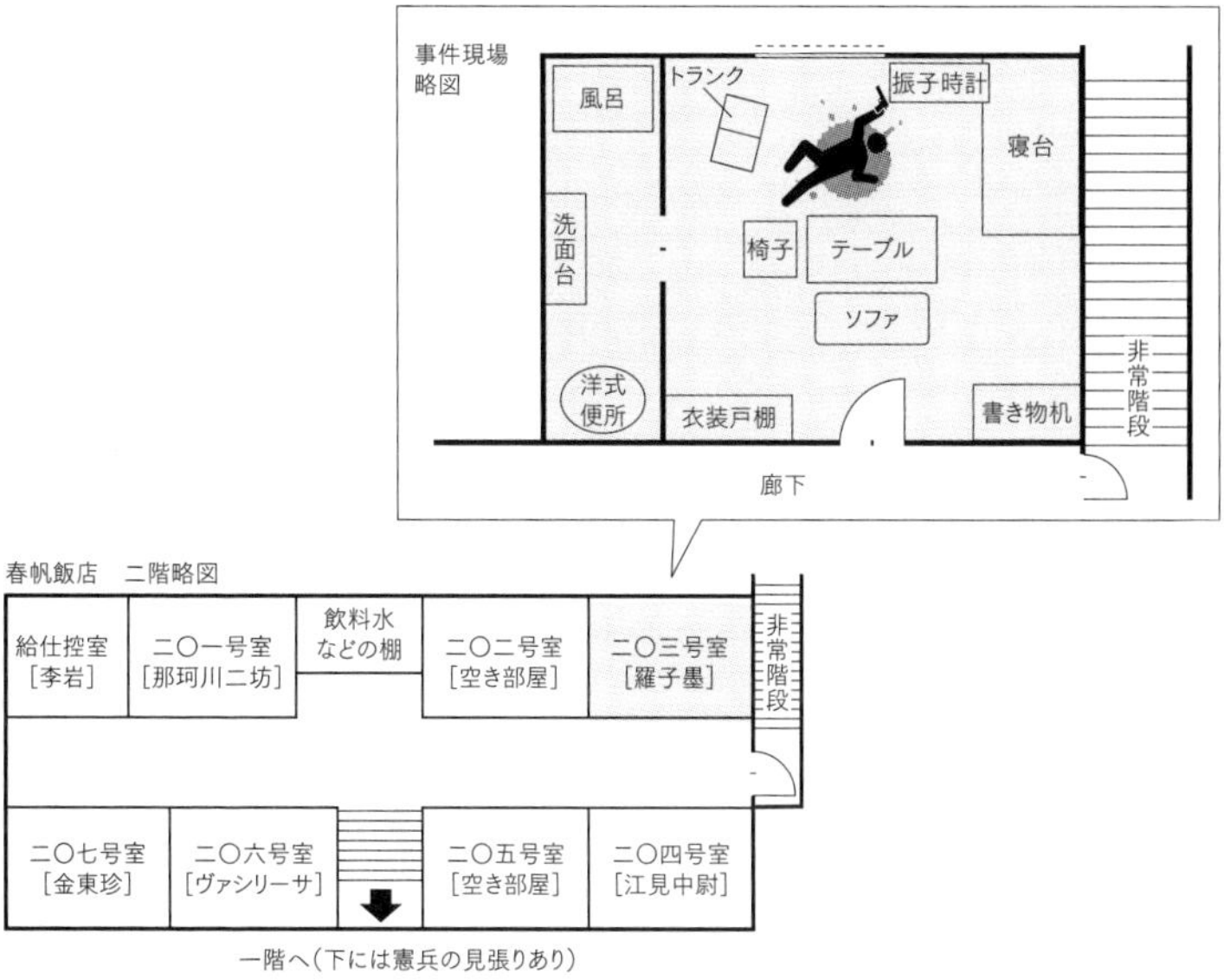

二〇一号室が私で、二〇三号室が羅子墨、その向かいの二〇四号室が江見中尉、二〇六号室がヴァシリーサ、そして給仕控室向かいの二〇七号室が金東珍の部屋だった。二〇二号室と二〇五号室は空き部屋である。ロビーに続く階段は二〇五号室と二〇六号室の間にあり、廊下を挟んだその反対側、つまり二〇一号室と二〇二号室の間には、逗留客が自由に飲食してよい飲料水や酒壜《さかびん》などの並んだ棚がある。また、二〇三号室と二〇四号室に挟まれた突き当たりの壁には、非常階段に続く扉があった。

　大股で歩む中尉に従って、私は二〇三号室の前に立った。

　ノックも無しに中尉が扉を開ける。

　室内に足を踏み入れた途端、特徴的な臭いが鼻を襲った。

鉄っぽく生臭い、血の臭いだ。忽《たちま》ち、私の脳裏には或《あ》る情景が鮮明に蘇《よみがえ》った。

それは、先月の末のことだった。

買い出しのためにズックを背負って習志野《ならしの》まで来たものの、農家からはけんもほろろに扱われ、それでも何とか数本の萎《しな》びた芋を手に入れて帰路に就いた昼下がりである。だだっ広い冬枯れの畦道《あぜみち》を歩いていると、向こうから子どもを背負った若い農婦がやって来た。

どちらともなく会釈をした刹那、不意に金属性の乾いた音が頭上に響いた。

それが敵機の襲来だと気付いた時、私は路傍の茂みに頭から跳び込んでいた。考えるよりも先に身体が動いたのだ。

咄嗟《とっき》に親指を耳の穴に突っ込み、口を大きく開けて残りの指で両目を覆う。暗転直前の視界の端には、此方に背を向けて逃げ出そうとする農婦の姿が斜めに見えた。

次の瞬間、耳を塞いでいても分かる機銃掃射の音がして、女の身体が掻き消されたように見えなくなった。本当に、一瞬の出来事だった。

強い風が辺りを薙《な》ぎ払う。私は地面に顔を押し付けて、只管《ひたすら》身を縮込《ちぢこ》ませていた。

グラマン機の音が遠ざかった後も、私は茂みのなかに這《は》い蹲《つくば》り続けた。足腰は震え、立ち上がることなど到底出来なかった。

荒い呼吸を繰り返す内に、枯草と乾いた土の臭いに混じって、鉄っぽい生臭さに鼻腔《びこう》を冒されていくのが分かった。

のろのろと顔を上げる。農婦が立っていた場所は一面の血溜《ちだ》まりになっていた。その中心には、もんぺの切れ端が巻き付いた腿《もも》から下の両脚が、血に塗れて転がっていた。

血の臭いが一気に濃くなった。

そっと頰に触れると、指先に乾きつつある粘っこい液体の感触が走った。

あの母子の物なのだろう。覆っていた手と共に、私の顔中が飛び散った血飛沫《しぶき》で真っ赤に汚れていた——。

「大丈夫ですか」

江見中尉の声が、私を夢想から引き戻した。そこは薄曇りの畦道ではなく、煌々《こうこう》と灯《あか》りに照らされた十五畳ほどの洋室だった。

「……失礼」

部屋中に血の臭いが充満しているのは間違いではなかった。私は吃《ども》りながらそう答え、引っ張り出した手巾で額の汗を拭った。

間取りは私の部屋と同じだった。中央には革張りのソファと背の低いテーブルがあり、その右隣に大振りな寝台が設置されている。白い寝具は、先程まで誰かが寝ていたかのように乱れていた。

正面の壁には、緋《ひ》色のカーテンに半分ほど隠されて、鉄格子の備わった観音窓があった。右隣には、私の背丈程もある立派な振子時計が立っているのだが、その硝子盤は粉々に砕け、辛うじて繋がった破片がゆらゆらと揺れていた。大きな穴の開いた文字盤では、二本の針が十二時五十八分を指して止まっていた。

左手前の壁際には衣装戸棚が並んで、その傍に浴室へ続くドアがあった。対して右手前の壁際には書き物机があり、其処の椅子は、来客でもあったのかテーブルの傍に移動されていた。左奥の壁際では、例のトランクが開かれた状態で床の上に置かれていた。

トランクの傍には、濃い髭を生やした体格の良い軍人が立っていた。江見中尉の部下で呉竹《くれたけ》という名の憲兵軍曹だ。呉竹の手には大型のカメラがあり、現場の撮影をしていたようだった。

テーブルの傍に立った中尉が、足元に目を落としながら私の名を呼んだ。

「ご覧の通りです」

私は首を伸ばし、テーブルの陰になっている中尉の足下を覗《のぞ》き込んだ。

手巾を持つ手に力が籠もった。其処には、顔の下半分を赤黒い肉塊に変えた血塗れの男が仰向《あおむ》けに倒れていた。

その顔面は二目《ふため》と見られないほど無惨な物だった。上顎から喉元にかけての肉はごっそりと抉《えぐ》られ、肉片の垂れた口腔はただの黒い孔《あな》にしか見えなかった。数本だけ残った上歯は、血に濡れながらも灯りに反射して艶々と光って見えた。首から下は深紅に染まっていたが、顔の上半分には二、三滴の血が額に飛んでいるだけで、その差異もまた不気味だった。虚《うつ》ろに開かれた双眸は、瞬《まばた》きもせずに天井を眺めていた。

呑《の》み込んだ生唾に抗《あらが》うように、気持ちの悪い噫《おくび》が喉の奥から込み上げてくる。私は吐気を抑えるため、握り締めた手巾を口に押し当てた。

「……江見中尉、これは一体」

「羅子墨です。ご覧の通り、死んでいます」

中尉は腕を組み、深く溜息《ためいき》を吐《つ》いた。

「少し休んで〇一三〇《マルヒトサンマル》から聴取を再開しようとしたのですが、その五分ほど前に部屋を訪れたらこの有様でした」

中尉に連《つ》られて、私は再び屍体《したい》に目を落とした。鼠《ねずみ》色のツイードジャケットに臙脂《えんじ》のネクタイを締めた屍体の目元は、確かに以前ロビーで見掛けた羅子墨のそれに違いなかった。

私はその時になって漸く、屍体の右手に銃口の大きな拳銃が握られていることに気が付いた。

「自殺だろうか」

「違います」

私の疑問を中尉は言下に否定した。

「でも、手には拳銃が」

「それはそうなのですが、それよりも私がお尋ねしたいのはこれなのですよ」

中尉は組んでいた腕を解き、テーブルを指さした。

卓上にはオールド・パーの壜と半分ほど注がれたグラスが二つ、そして二冊の本が積まれていた。

私はあっと叫んだ。上に載っている深緑色の本は、私が日本から持ち込んだ『新古今和歌集』に相違無かった。

「以前に先生のお部屋で見掛けたような記憶がありまして、だからお尋ねしたのですが。矢張り先生の物ですか」

「確認してもいいかね」

中尉は手袋を嵌《は》めた手でその本を取り上げた。

「指紋の調査が未だですので、私がお見せしましょう。何処《どこ》をご覧になりますか」

本の小口《こぐち》を見ただけで十分だった。頁《ページ》の角が幾つも折られているのは、私が気に入った歌の箇所を見つけられるようにした痕跡だ。試しに開いた或る頁には、けふ過ぎぬという寂然《じゃくねん》法師の歌が載っていた。私が選んだ歌の一つだ。

「確かに私が持参した物のようだが、どうしてこんな所に」

「私もそれをお訊きしたいのです、訊問の際には無かった筈なので。では、先生にもお心当たりが無いと？」

「当たり前じゃないか！」

本を卓上に戻し、中尉はふむと唸《うな》った。

「最後にこの本をご覧になったのはいつですか」

私は言葉に詰まった。当然私もそれについて考えを巡らせたのだが、直ぐには思い出せなかったからだ。

「それが、よく分からないんだ。一昨日《おととい》には目を通したような気もするんだけれど」

「ということは、何者かが先生の部屋から盗んだことになりますね」

「多分そうなんだろう」

　私としてはそう答えざるを得なかった。中尉は黙って私の顔を見詰めていたが、やがて分かりましたと小さく頷いた。

「私とて先生が関わっているとは思っておりません。若しそうだとしたら、現場にこれを残すような真似《まね》はされないでしょうから。それでも、職務上お尋ねしない訳にはいかなかったものですから、どうかご容赦下さい」

「それは勿論。分かって貰えたのなら何よりだ」

　胸の裡で安堵《あんど》の息を吐きながら、私も真剣な顔で頷いてみせた。

　中尉の命で、呉竹軍曹が現場の撮影を再開した。眩いフラッシュが断続的に室内を照らしていく。卓上に積まれたもう一冊は、白い装丁の本だった。表紙にはフランスの国旗と共に、赤い字で「羅伯斯庇爾」と書かれている。

「ロベスピエールの伝記ですよ」

　私の視線に気付いた中尉が口を開いた。

「ロベスピエールって、フランス革命の？」

「そうです。羅がどうしても読みたいと云うから買い与えた物なんですが、どうも自分を投影していたようでしてね。ほら、ロベスピエールも革命の立役者でありながら最期はギロチンに掛けられたでしょう」

「自分も悲劇の人物である、と」

「そういう訳です」

中尉は詰まらなそうな顔で頷いた。

屍体の撮影は済んでいるのか、呉竹の撮影は寝台に移った。私は邪魔にならぬよう、開いたトランクを跨《また》いで浴室に続く扉の脇に寄った。

視界には否《いや》が応でも羅子墨の屍体が、そしてその手に握られた拳銃が入ってくる。私は中尉を振り返った。

「中尉、本当に羅は自殺じゃないのかね」

直ぐに返事は無かった。血溜まりの縁に立つ中尉は、屍体を見下ろしながら暫《しばら》くの間親指で顎を撫でていた。呉竹がカメラから顔を離し、咎《とが》めるような一瞥を中尉に寄越《よこ》す。その視線には気が付かなかったのか、中尉はまあいいだろうと呟《つぶや》き、私の方に向き直った。

「どうせ直ぐに分かることですから、先生には先んじてお話ししておきましょう。実は、羅のトランクから宝飾品の類いが無くなっているのです。先生も以前にロビーでご覧になったでしょう」

「あのダイヤとかルビーとか？」

「そうです。暗殺者が持ち去ったのだと思われます」

古びた革袋から零れ出る宝石たちの煌めきが、私の脳裏を過《よぎ》った。

「そもそも、あれはいったい何だったんだね。死刑囚の羅がどうしてあんな物を」

「賄賂ですよ」

中尉はあっさりと云ってのけた。

「自宅に残したままでは親族共に略奪されると羅が騒ぎましてね。だから手元に置いておきたいと。私は止《や》めさせようとしたのですが、刑の執行後に回収出来ると知った上の方々が承認してしまったのです。勿論羅としてもそんな理由ではなく、判事やら法官やらを買収するために使う積もりだったのでしょう。金東珍辺りが唆《そそのか》したんじゃないかと私は踏んでいます」

成る程と唸った私の頭には、続けて当然の疑問が浮かび上がる。

「でも、犯人は何処から。ああ、非常階段か」

「先生もそう思われますか」

「それはそうだろう。一階ロビーには何人もの歩哨《ほしょう》が立っているじゃないか」

中尉は黙って頷くと、ソファを廻って扉を開けた。

「先生、一寸此方《ちょっとこちら》へお越し願えますか」

云われるがまま廊下へ出る。直ぐ横の壁には、青色に塗られた非常階段の扉があった。鍵は内側から掛かるようだが、中尉が摑手《ノブ》を捻《ひね》ると難なく開いた。忽ち、隙間からは刺すような冷気が吹き込んできた。

「足下に気を付けて、此処から覗いて見て下さい」

煤《すす》けた臭いのする冷たい夜闇に首を突き出す。

私は己《おの》が目を疑った。其処には、ある筈《はず》の非常階段が無かった。正確には囲いと手摺《てすり》だけ残り、床が存在しなかった。

背後から、壊れていたのですよという中尉の声がした。

「死体発見時、私も先生と同じことを考えました。当然犯人はこの非常階段を使って出入りしたのだと思ったのですが、扉を開けて一歩踏み出した途端に床が抜けました。長いこと使われていなかったせいで金属が腐食していたのですね。呉竹軍曹が腕を引いて呉れなかったら、私はこの世にいませんよ」

頬を削《そ》ぐような風に電線が哭《な》いていた。堪《こら》えようのない顫《ふる》えが込み上げた刹那、不意に私のなかで閃《ひらめ》くものがあった。私は慌てて江見中尉を振り返った。

「しかし、若しそうだとすると」

「そうなのです。先生の仰《おっしゃ》る通り、ロビーは呉竹軍曹以下三名の部下に見張りをさせていました。それだけでなく、暗殺に備えて宿館の外にも五人の歩哨を巡回させていた。窓には鉄格子があり、唯一の逃げ道だった非常階段もこの有様です。ですから先生、羅子墨を撃ち殺した犯人は今もこの二階にいる筈なのです」

羅子墨の屍体が憲兵隊の手で運び出されるのと入れ替わりに、私たち二階の逗留客は全員が食堂に集められた。時刻は既に三時を廻っていた。

洗顔を済ませ、寝間着も着替えてから一階に下りる。食堂では軽川《かるかわ》という憲兵上等兵が壁際に控えている他に、金東珍が中央のテーブルで煙草を吹かしていた。

金釦《ボタン》が光る乗馬服のような出《い》で立ちで、いつものように髪をぴったりと撫でつけている。黒眼鏡に隠された顔は全くの無表情だが、灰を落とす所作ひとつとっても機嫌がよろしくないことは容易に察せられた。案の定、近くの椅子に掛けた私の目礼は全く無視された。

それから暫くして、江見中尉が白衣姿のヴァシリーサを伴って食堂に現れた。

傲然《ごうぜん》と足を組んでいた金が、素早く中尉に顔を向ける。

「江見中尉、これは一体どういうことだね」

酒焼けのように掠《かす》れた声だが、矢張りとても支那人だとは思えない程度に流暢な日本語だった。

「君たちには理解のある方だと自認しているが、こんな夜更けに叩《たた》き起こされて、理由も説明せず直ぐに集まれなどと命じてくる横暴が続くようだったら、僕だって今後のことは考えないといけなくなるぞ」

ヴァシリーサに席を勧めてから、中尉は申し訳ありませんと頭を下げた。

「皆さん御不満は御尤もかと存じますが、非常事態なのです」

「だから、それが何なのかと訊いているんだ」

金は苛々《いらいら》した口調で中尉の言葉に覆い被《かぶ》せた。

「少々お待ちを。話は全員が揃《そろ》ってからの方が良い」

ヴァシリーサが首を傾《かし》げた。

「逗留中の客は私たちだけでは？」

「給仕の李にも来るように云ってあるのですよ。奴も二階にいましたからね」

「だったらさっさと呼んで来いよ。おい其処の上等兵、聞こえていただろう！」

金は首だけを動かし、刺々《とげとげ》しい声で軽川上等兵にそう命じた。軽川は金を睨《にら》み返したが、丁度その時食堂の扉が勢いよく開いた。

「すみません、遅くなりました！」

李岩だった。服装は普段の給仕服だが、寝起きだったのか、髪の後ろには少しだけ寝癖がついている。私たちのテーブルに駆け寄った李は、直ぐにその異様な雰囲気を察知して口を噤《つぐ》んだ。

そそくさと私の傍に寄る李を一瞥して、江見中尉が口を開いた。

「それでは、全員揃いましたので報告します。今晩、羅子墨が自室で殺されました。屍体には自殺であるかのような工作が施されていましたが、我々は殺人事件であると判断しています」

何だってと金が腰を浮かした。その顔には驚愕《きょうがく》の色がありありと浮かんでいた。私は素早く他の二人の表情にも目を走らせた。李は唖然とした顔で口を開けていたが、ヴァシリーサの顔には変化が見られなかった。

「おい中尉、それは本当か」

「事実です」

中尉は卓上に拳を当ててきっぱりと云い切った。呆然と腰を下ろした金は、低い唸り声を上げた。

「……遺体を見せて貰おう」

「先ほど我々の手で搬出しました。不審死である以上、解剖に廻さねばなりませんので」

金は忌々《いまいま》しげに舌打ちをして、後ろに凭れ掛かった。

「羅子墨の身柄が君たちの預かりになったのは、暗殺の恐れがあったからだ。とんだ不祥事だぞ、これは」

「その点に関しましては申し開きの仕様もありません」

中尉は沈痛な面持ちで頷いた。

「よろしいですか、江見中尉」

労《いた》わるような口調で、ヴァシリーサが口を開いた。

「自殺でなく殺されたのだと仰いましたね？　その根拠を教えて頂くことは出来ますか」

「羅が持ち込んだ宝飾品の類いが、所持品から消えていたためです。また、現場となった二〇三号室には、羅が客人を迎えていたような痕跡もありました」

「刺客が行きがけの駄賃に持ち去ったんだろう。全く、様《ざま》は無い」

灰皿の底で煙草を押し潰していた金が、吐き棄《す》てるように呟いた。

「ところが、そういう訳でもなさそうなのですよ」

「何がだ」

「刺客と仰った箇所です。端的に申し上げますと、外部犯の可能性はほぼゼロに近いと考えています」

中尉は咳払《せきばら》いし、一階ロビーには夜通し見張りがいたこと、非常階段が使用不可能だったこと、また窓には鉄格子があり、襲撃に備えて外には五名の歩哨が巡回していたことなどを手短に説明した。

中尉が話を終えても、口を開く者はいなかった。金などは大声で騒ぎだすのではないかと思っていたが、案に相違して黙然と新しい煙草を咥《くわ》えるだけだった。

よろしいですかとヴァシリーサが手を挙げた。

「その宝石ですが、自殺の直前に羅さんが何処かへやったという可能性はないのですか」

「歩哨が巡回していますから、外に抛《ほう》ったとしたら直ぐに分かる筈です。室内は隈《くま》なく捜索済みで、トイレに流した可能性も鑑みて汚水管も探りましたが、それらしき物は発見されませんでした」

「予《あらかじ》め処分されていたということは？」

「それはないいな」

おっとりした口吻《くちぶり》で畳み掛けるヴァシリーサに答えたのは、意外にも金だった。

「僕に何も相談無く処分するとは思えないし、そもそも羅子墨には自殺する理由が無い。そんなことより中尉、非常階段は君が乗った瞬間に崩れたんだね？　外から来た犯人が使った時には未だ辛うじて持ち堪《こた》えていたという可能性はないのか」

「外壁と階段を繋ぐボルトを調べましたが、腐食がかなり進んでいる状態でした。あれでは仮令《たとえ》子どもだろうと体重をかければ立ち所に崩れたでしょう。設備不良の責任は別途支配人を追及する予定です」

「勝手にし給《たま》え。……それで、羅子墨はどうやって殺されたんだ」

「至近距離から顔面を撃たれたものと思われます。顔の下半分と喉が撃ち砕かれており、右手には自動拳銃が握らされていました。また、羅の顔を撃ち抜いた銃弾が振子時計の文字盤から見つかりました。文字盤の硝子片は少しでも触れたら落ちそうな具合で垂れ下がっていて、手を加えられた痕跡も見当たりませんでしたので、時計の指し示す〇〇五八《マルマルゴーハチ》……零時五十八分が死亡推定時刻だと思われます」

「拳銃の出所は」

「犯人が持ち込んだのでしょうが、目下調査中です。銃口を改造して威力を高めた九四式拳銃でした」

　金は紫煙と共に、日本軍の銃だなと呟いた。暫しの沈黙ののち、ヴァシリーサが中尉の名を呼んだ。

「それで、私たちは具体的にどうしたらよいのですか。主《あるじ》が亡くなった以上、私などは此処にいる意味も無いのですけれど、出て行くことは許して貰えるのですか」

「いえ、協力を頂く必要があります」

中尉は厳然たる口吻でそう宣告した。ヴァシリーサは抗う素振りも見せず、そうでしょうねと呟いた。

「では、私たちの荷物もお調べになりますの？」

「必要に応じて」

中尉はそう暈《ぼか》すに留《とど》めたが、途端に金がテーブルを強く叩いた。

「冗談じゃない、僕は厭《いや》だぞ」

そんな反応まで想定済みだったのか、中尉は吠《ほ》え猛《たけ》る金をやんわりと宥めた。

「先ずは、昨夜のことについてお話を伺えたらと思っております。所持品の検査等をするか否かは、それ以降のことですのでどうぞご安心を。お疲れの所を申し訳ありませんが、重大事件ですので、何卒《なにとぞ》ご協力の程をお願い申し上げます」


食堂を出たのは三時四十分頃で、自室に戻るや否や、軽川上等兵が私を招きに部屋を訪れた。事情聴取は、空き部屋の二〇二号室で執り行われるようだった。

部屋を訪ねると、江見中尉の他に記録係として呉竹軍曹が壁際の書き物机に着いていた。中尉はテーブルの向こうで何処かから持ち込んだ椅子に腰掛け、私に向けてソファを手で示した。

私が腰掛けるのを待っていたように、中尉は小さく頭を下げた。

「先生にまでこのようなことをお願いするのは大変心苦しいのですが、飽くまで形式上ということで、何卒ご容赦下さい」

「分かっているよ。気遣いは無用だ」

「有難うございます。では、早速昨夜のことをお教え願えますか。何時《なんじ》に何処で何をしていたか等です」

私は頷き、これに備えて思い出していた己の行動を言葉に出して説明した。

昨夜は、七時に食堂で夕餉を摂ってからはずっと部屋にいた。少し口が寂しくなったので、廊下の棚から老酒の壜を拝借して本を読みながら独りちびちびとやっていたのだ。人と会ったのも、十一時少し前に呼び鈴で李岩を呼んでホットミルクを頼んだぐらいだった。

寝床に就いたのは十一時半である。しかし酔いのせいか身体が妙に火照《ほて》り、結局十二時半を廻った辺りで諦めて、中尉が訪れる二時までラジオで音楽を流しながら本を読んでいた。

「つまり先生は、夕食から戻られた一九〇〇《ヒトキュウマルマル》以降、一切部屋からは出ておられないということですね」

「そうなるかな」

「では質問を変えますが、部屋にいらっしゃって何か気がついたことはありますか。何でも結構です。足音や扉の開閉音、話し声、勿論銃声などでも」

私は首を横に振った。それも訊かれるだろうと思って思い返してみたのだが、敢えて採り上げるような出来事は何も無かったのである。確かに銃声らしき音は耳にしたのだが、その何《いず》れも窓の外から聞こえた物だった。中尉は口惜し気な表情を覗かせて、そうですかと頷いた。

　銃声と聞いて、ふと思い付くことがあった。江見中尉こそ何も聞いていないのだろうか。中尉のいる二〇四号室は事件現場の真向かいであり、屍体の手にあった拳銃には消音器のような物も装着されていなかった筈なのだ。

「どうかしましたか」

　黙り込んだ私の顔を、中尉が不審げに覗き込んだ。私は慌てて手を振った。

「いや、少し気になったことがあったんだが、大したことじゃない」

「どうぞ仰って下さい。何が手掛かりになるかも分かりませんから」

「どうだろうな。いや、銃声についてなんだが、中尉は何も聞いていないのだろうかと思ってね」

「ああ、確かに私の部屋は向かいですからね。ですが、生憎《あいにく》と事件があった時分には食堂にいたのです。一九〇〇《ヒトキュウマルマル》から〇〇三〇《マルマルサンマル》までほぼ通しで訊問をしていましたから、流石に疲れて部下と珈琲《コーヒー》を飲んでいたのですよ。それに、凶器には消音の仕掛けも施してありましたから」

「消音器が着いていただろうか」

「正規品ではありません。哺乳瓶《ほにゅうびん》の吸い口か何かです」

「えっ、哺乳瓶？」

「銃身の途中に溶けた護謨《ゴム》の跡がありましてね。厚い護謨製の物で銃口を覆うと、それが発射時には風船のように膨らんで、銃声の八割を抑えて呉れるのです。青幇や紅幇の破落戸《ごろつき》がよく使う手なんですよ」

「それは知らなかった。成る程、自殺なら細工をしてまで音を消す必要も無いだろうから、確かに殺人事件な訳だ」

　そこまでは考えが至っていなかったのか、中尉は少し驚いたような顔になり、そうなんですよと力強く頷いた。

「先生にお尋ねするのは以上になりますが、実はお願いがありまして。お疲れの所を誠に申し訳ないのですが、この後に行う金東珍、ヴァシリーサ、李岩の事情聴取に同席して頂きたいのです」

「私に？」

　思いもよらぬ提案だった。隅の呉竹も驚いた様子で此方を振り返っているが、当の江見中尉は至極真剣な顔で頷いてみせた。

「これまでお話をしてきて感じたのですが、先生は実に鋭い観察眼をお持ちです。今の銃声に関するご指摘もそうだ。流石は幾つも探偵小説をお書きになっているだけのことはあります。お分かり頂けるでしょうが、本件は上海憲兵隊の威信にかけて何としても解決しなければならないのです。そのためには形振《なりふ》りなぞ構ってはいられない。先生が犯人でないことだけは確実な訳ですから、是非私共と同じ立場で同席して頂き、何か気付いた点があったらどんどんご指摘を頂きたいのです」

「待って呉れ。私は素人《しろうと》だぞ。それに他の人たちも不審がるだろう」

「勿論、そこは私の方で上手《うま》く説明を致します」

「しかしだね、中尉」

「確かに羅子墨は多くから恨まれていましたが、態々《わざわざ》我らの監視下で暗殺が決行された以上、単なる怨恨だけだとは到底思えません。恐らくは重慶国民政府の指示で、宝石も軍資金の足しにする積もりなのでしょう」

中尉はそこで言葉を切り、ぐっと身を乗り出した。

「ですからこの犯人を捕まえることは、蔣介石政権にも一大打撃を与え得る筈なのです。那珂川先生、どうかご承知頂けませんか」

私は、横面を張られたような気持ちになった。

確かにその通りだ。目と鼻の先に戦地を臨みながら何も出来ず、無念千万の日々を過ごしてきた昨日までの思いが立ち所に湧き起こった。

丹田が火でも灯《とも》ったように熱くなる。

私は力強く頷いた。


次に呼ばれたのは金東珍だった。

足音も荒く乗り込んできた金は、そのままどさりとソファに腰を落とした。私は空きの椅子が無いため寝台に腰を下ろし、一応メモを取るために膝の上で手帖《てちょう》を開いていた。

初めて金の顔を間近に見て、私は少なからず驚いた。白粉《おしろい》を塗りたくったような真っ白い顔には、埋め切れない法令線がくっきりと現れていた。声の調子では三十半ばかと思っていたが、若しかしたら四十も越えて五十路《いそじ》に近いのかも知れない。

「お疲れの所を感謝します。飽くまで形式的なものですので」

中尉は腿の上で指を組み、穏やかな笑みを浮かべたままそう云った。金は取り出した煙草を咥え、太い燐寸《マッチ》を擦《こす》る。

「殊勝な顔をしてみせたって騙《だま》されるものか。こっちが拒否でもしようものなら、直ぐに難癖をつけて提曳《しょっぴ》く積もりなんだろう」

「真逆《まさか》、私如《ごと》きがあなた程の人物をどうこう出来る筈もありません」

「どうだかね。君も分かっているだろうが、これは明らかに上海憲兵隊の不始末だ。そこの所は、後々《のちのち》きっちりと落とし前をつけて貰うからな」

「勿論理解しています。ですからこうして、事件解決に邁進《まいしん》している次第です」

眉を顰《ひそ》めた金が、不意に此方を向いた。

「彼方《あちら》の老先生はどうして此処にいるんだ」

金は煙草を口から離し、顎で私を示した。甘ったるい煙草の煙が、私の許《もと》にまで漂ってきた。

「私から同席をお願いしました。御心配には及びません」

「だから、それは何故かと訊いている。上海じゃあ憲兵の訊問に小説家が同席するのか」

「おや、那珂川二坊先生の名を御存知でしたか」

「李岩から聞いたんだよ。真逆《まさか》筆記係でもあるまいに」

「先生は、優れた頭脳の持ち主でしてね。実は、内地でも何度か非公式に捜査の協力を頂いているのです。今回もそういった次第です」

勿論出鱈目《でたらめ》だ。金の胡散臭そうな視線に、私は小さく頷いてみせる他なかった。

「藁《わら》にも縋《すが》るってやつかい、必死だな」

「否定はしませんよ。さて、前置きはそれぐらいにして、早速本題に入らせて頂きます。先ずは昨夜の動向についてお聞かせ願えますか」

後ろに凭れ掛かった金は、煙草の灰を床に落としながら緩慢な口調で昨夜の行動を語り始めた。

自室での夕餉を済ませたのは九時半前で、その後も部屋からは出ずにスコッチを傾けながら裁判に係《かかわ》る資料を読み込んでいたらしい。寝台に入ったのは十二時半前後。事件を報《し》らされるまですっかり眠っていたという。

「では、一度も部屋から出ていないのですね」

「そうだ」

「スコッチも李に運ばせたのですか」

「食事と一緒にな。確か九時頃だった筈だ。他に訪ねて来た者はいない。ああ、いや待てよ。李岩は寝る前にもう一回呼んだ。煙草が切れたから新しいのを持って来させたんだ」

「それは何時頃ですか」

「詳しい時間は知らない。李岩に訊き給え」

「分かりました。では次の質問ですが、昨夜は何か普段と異なる音や話し声を耳にしませんでしたか」

さあと金は肩を竦《すく》めた。

「銃声なら四六時中窓の外で響いていたけど、それはもう日常茶飯事だからね。それ以外で特に気になったことはない」

中尉は軽く頷いてから、背を丸め、身体の前で指を組んだ。

「あなたが最後に羅子墨と会ったのはいつです」

「今日、じゃなくて昨日の昼だ。裁判に向けて簡単な打ち合わせをした」

「その時の羅はどんな様子でした。何かに怯えていたりとかはしていませんでしたか」

「アレが怯えているのはいつものことじゃないか。だから普段通りだよ」

「では、これに見覚えはありますか」

中尉は腕を伸ばし、椅子の陰に置いてあった二冊の本を取り上げた。ロベスピエールの伝記と私の『新古今和歌集』だった。

「白い方は見たことがある。ロベスピエールの伝記だろう？　緑の方は知らない」

「羅の部屋で見掛けたこともありませんか」

「無いと云っているだろう」

「本当ですか」

「しつこいな！　どうでもいいことをぐだぐだ云ってないで、さっさと本題に入ったらどうなんだ。君たちが本当に知りたいのは、誰が羅子墨を殺したかなんてことよりも、盗まれた宝石のことなんじゃないのか」

「そんなことはありませんよ」

中尉は平然とした顔で再び指を組んだ。

「あれは矢張り判事や法官を買収するための物だったのですか」

「君に答える義理は無い」

「そうですか。では、私からは以上となります。那珂川先生、如何《いかが》です？」

「では一つだけ。先ほど貴方《あなた》は食堂で、羅子墨には自殺する理由が無いと口にされていたけれども、それには何か根拠があるのですか」

江見中尉が咎めるような視線を私に寄越した。金も意表を突かれた顔を覗かせて、だが次の瞬間には元の不貞不貞《ふてぶて》しい顔に戻っていた。

「そりゃ羅子墨は死に救いを求めるような男じゃあないからですよ、那珂川センセイ。アレは地べたに這い蹲ってでも、生にしがみ付いて放さない男なんです。自分に銃口を向ける勇気なんてある訳がないでしょう？」

「しかし、彼は死刑を宣告されていた筈だ。最早逃げようもないだろうに」

私の問いに、金は肩を竦めるだけで何とも答えなかった。

「ですから、羅はそれを回避するためにあれだけの宝石を用意したのです。そうでしょう、金さん？」

江見中尉が突き付けても、金は黙然と煙草を吹かしているだけだった。


白衣姿のヴァシリーサが現れたのは、五時半を少し廻った時分だった。

薄く粧われた顔は相変わらず眠たげだったが、元からそんな顔だったような気もする。

「私も構いませんか？」

卓上の灰皿を一瞥して、ヴァシリーサはポケットから革製の煙草入れを覗かせた。中尉が頷くと、早速黒い紙巻き煙草を咥え、ライターを鳴らして火を点《つ》けた。途中でちらりと私を見遣ったが、疑念等を口にすることは無かった。

「給仕に夕食を運んで貰ったのが八時。それを食べ終えて食器を返したのは八時半頃だったと思います」

昨夜の行動を問う中尉に、ヴァシリーサはおっとりとした口調でそう答えた。

「それからは本を読んだりして過ごしていましたけど、あれは十時頃だったかしら、江見中尉、貴方に呼ばれて羅さんの部屋を訪ねました。覚えていらっしゃいますよね？」

勿論と答えてから、中尉は私に顔を向けた。

「胃が痛いと羅が騒ぎ出しましてね。それでルキヤノヴァ先生に来て頂いたのです。それにしても、直ぐに薬を用意されていましたが元々調合してあったのですか？」

「あれは単なる重曹、ベーキングパウダーです。羅さんの腹痛はいつものことで、大抵は単なる胃酸過多ですから」

「成る程。先生に来て頂いたのは二二〇四《ニーニーマルヨン》で、簡単な問診をしてから一旦退出され、胃薬を持って戻られたのが二二一一《ニーニーヒトヒト》、薬が効いてきたのか羅も落ち着き、先生が自室に戻られたのは二二一八《ニーニーヒトハチ》でした。それ以降はずっと自室で？」

「そうですね」

「給仕など、誰か他の人間を部屋に招いたりはしましたか」

ヴァシリーサは己が肘を抱くようにして暫し考えていたが、やがて首を横に振った。

「では、部屋にいらして銃声は聞こえましたか」

「何時頃でしょうか」

「何時《いつ》でも結構です。銃声に限らず、話し声や足音など、気になったことがあれば何でもお教え下さい」

そうですねえと細い指先を顎に当てていたヴァシリーサは、不意に指を鳴らした。

「そういえば彼を見ました。給仕の李岩です。二〇三号室に入っていきましたよ」

「何ですって」

中尉は身を乗り出した。

「羅子墨の二〇三号室に？　それは確かですか」

「見間違いでは無いと思いますわ。あれは、零時四十分頃だったかしら。持ち込んだ分の水が空になってしまったので、廊下の棚に取りに行ったんです」

「給仕を呼ばなかったのですか」

「部屋から出て直ぐですもの、自分で行った方が早いでしょう？　それに、幾ら給仕とは云っても、そんな夜更けに他人を入れるのも怖いですから。私、使用人という者をあまり信用していないんです。以前に身を寄せていた家で、メイドが執事を殺したことがありましてね」

長くなった灰を落としながら、ヴァシリーサはあっさりと云ってのけた。中尉も咄嗟の返答に窮していた。

「それは余談ですけれど、私が見たのはそれだけです。直ぐ部屋に戻りましたので」

「その時の李はどんな様子でしたか」

ヴァシリーサはゆるゆると首を横に振った。一瞬の出来事なので、本当に見掛けただけなのだという。それでも気落ちした様子は無く、分かりましたと中尉は頷いた。

「話は変わりますが、先生は昨日の昼過ぎにも羅を診察されましたね」

「はい、羅さんと金さんの打ち合わせの後で。二時頃だったかしら」

「その時、二〇三号室でこれらを見た記憶はありますか」

中尉は例の二冊を卓上に載せた。ヴァシリーサは短くなった煙草を灰皿の縁に置き、身を乗り出した。

「ロベスピエールの伝記は見たことがあります。ベッドの上に投げ出してありました。もう一冊は知りませんね。これがどうかしたんですか」

「現場で発見されました。我々は、犯人に繋がる重要な手掛かりではないかと睨んでいます」

「そうですか。少なくとも云えることは、私の持ち物ではないということです」

中尉は黙って頷き、金の時に比べるとあっさり引き下がった。今回は私に水が向けられることも無く、ヴァシリーサの聴取は終了した。


時刻は六時半を廻り、凍《い》てつく窓の向こうでは夜空が白み始めていた。

何本目かも分からない煙草を江見中尉が咥えた時、李岩が恐々《こわごわ》と入って来た。ぺこりとお辞儀をしてみせたその顔は、緊張のせいかすっかり蒼褪《あおざ》めていた。

「そう硬くなるな。一寸話を訊くだけだ」

咥えた煙草の先を燐寸の火で炙《あぶ》り、中尉は座れとソファを指さした。李はぎこちない足取りで椅子に腰掛け、中尉と私の顔を交互に見てから、開口一番、何も知らないんですと云った。

「焦るんじゃない。先ずは、昨日の夜のことを全部話せ。いいか、包み隠さず全部だ」

李は眉間に皺《しわ》を寄せ、幾度も目を瞬《しばた》かせながら訥々《とつとつ》と話し始めた。

「僕は客室担当だから、昨日もずうっとそれぞれの部屋の鈴《ベル》で呼ばれるまでは控室にいます。昨日の夜は、ええっと先ず江見中尉と羅様の御飯を食堂から運びました。六時半頃だったと思います」

それぐらいだったかと呟き、中尉は此方を向いた。

「先生の部屋を失礼したのは一八一五《ヒトハチヒトゴー》でしたね」

私が頷くのを見届けてから、中尉は李に先を促した。

「次はルキヤノヴァ様です。八時に部屋の鈴で呼ばれて、二〇六号室に御飯を運びました。食器を下げたのは八時半ごろです。その後が金東珍様でした。九時頃です。こっちも食堂から御飯を運んで、九時半にはお下げしました。それから暫くは何も無かったんですけど、確か十一時少し前に那珂川センセから呼ばれて、それでホットミルクを運びました。そうですよね⁉」

李岩は私に向かって身を乗り出した。私は李岩と中尉の顔を交互に見て頷いた。

「那珂川先生の部屋を訪れた。それで次は」

「ええっと、そこからまた何も無くてベッドで寝てたりしてたら二〇七号室の鈴が鳴って、時間は零時二十分でした。急いでお訪ねしたら、金様が煙草をお求めで、偶々《たまたま》一階の事務所にあった銘柄でしたから、それを二箱持って行きました。それで、目が覚めちゃったので、水の壜を食堂で満たして棚に置いたりしていると、二〇三号室の扉が開いて、羅子墨様が顔を出されたんです」

中尉の目が薄くなった。李はそれに気が付く様子も無く、吃りながら説明を続けた。

「羅様には勝手に飲食物を渡しちゃいけないって江見中尉からも云われていたから、困ったなって思ったんですけど、知らんぷりする訳にもいかなかったから、仕方なく何ですかって伺って、そうしたら枕を替えて呉れって仰るんです。臭いが気になるからって。毎日カバーは新しくしているんですけれども」

「それでどうしたんだ」

「そのう、それぐらいならいいかなって思って、古い枕を受け取って、控室にあった新しい枕をお届けしました」

「時間は」

「えっと、控室に戻ったら零時五十分でした」

「その時、お前は部屋のなかに入ったか」

「入りました。渡すだけ渡して帰ろうと思ったんですけれど、扉を開けてなかに入られたので、仕方なく」

「その時の部屋の様子はどうだった。浴室とかに誰か他の人間が隠れているような気配は無かったか」

李は長らく呻吟《しんぎん》していたが、結局は首を横に振った。中尉は訝《いぶか》しげな顔で李を睨んでいる。私はつい口を挟んだ。

「その時、羅はどんな様子だった」

「酷く疲れていらっしゃるみたいでしたけど、それはいつものことだったから」

「他に気になったことはあるか。例えばそうだな、ああ、その本を見たりはしなかったか」

　私が指し示した卓上の二冊を見て、李岩は頷いた。

「はい。テーブルの上にあったと思います」

「何だと！」

　中尉の怒声に李は跳び上がった。それもその筈である。中尉が二〇三号室を後にした零時半の時点では無かった本が、零時五十分には現れていたことになるのだ。

「おい、それは本当か」

「え、はい、そうだったと思いますけど」

　はっきりしろと中尉は李岩の襟を摑《つか》んだ。

「貴様は確かに見たのか、それとも見ていないのか」

　李は目を白黒させながら、見ましたと繰り返していた。

　這《ほ》う這《ほ》うの態《てい》で李岩が退出した後も、中尉は暫く口を利かなかった。椅子の動く音がして、筆記を終えた呉竹軍曹が壁際に寄った。

　手帖に目を落とす。見開きには、それぞれの行動を棒線で表した図を書いていた。

　李岩の証言を信じるならば、枕の替えを持ち込んだ零時五十分前から、死亡推定時刻である五十八分の間に犯人は二〇三号室へ侵入し、羅子墨を射殺したことになる。その時間帯は江見中尉だけが一階で部下と珈琲を飲んでおり、他に不在証明《アリバイ》のある者は私を含めて一人もいない。

寝台に腰掛けたまま大きく伸びをすると、思案顔で煙草を燻《くゆ》らせていた中尉が労わるような顔になった。

「お疲れさまでした。どうです、何かお気付きの点はありますか」

私は姿勢を正し、そうだねと返した。

「これから死のうとする男が枕の臭いを気にするってのは一寸変だね。あとは矢張り、中尉が退出した時には無かったこの本が、李の時にはあったということだろうか」

「仰る通り。犯人はその間に立ち入った……」

「所持品の検査をしたら直ぐに分かるんじゃないかね。未だ誰も外には出ていない筈だ。隠したとしても調べたら分かるだろう」

「それが出来ればよいのですが」

中尉は唇を噛《か》んだ。

「金東珍は、あれでなかなか満洲の名士なのです。軍上層部にも幾つかの伝手《つて》を持っていますから、万全の態勢を整えない内には迂闊《うかつ》なことも出来ないのですよ。口惜しいことですが」

あの小男がねと呟く私に、中尉は煙草の灰を落としながら苦笑した。

「そうか、那珂川先生は金のことを御存知ないのですね。まあ、今更関わり合いは持たない方がよいでしょうが」

中尉は『新古今和歌集』を取り上げて、ぱらぱらと捲《めく》り始めた。私も手を伸ばし、伝記を開いてみた。頁を捲っていると、終盤の方に箸袋のような物が挟まっていた。栞代《しおり》わりに使っていたのだろうか。掌《てのひら》に収まるほどの大きさで、粗雑な紙の表には、緑の文字で「突撃一番《とつげきいちばん》」と刷られている。中身は空だった。

「羅子墨が栞代わりに使っていたんでしょう」

「何だね、これは」

中尉は目を薄くして、避妊具《サック》ですよと呟いた。

「何処かで拾ったんでしょうね。まあ至る所に棄ててある物ですから」

何となく不潔に感じられて、私はさっさと元々の頁に戻した。それは挿絵を見る限り、ロベスピエールの失脚と処刑を描く最終章のようだった。熱月反動《テルミドール》と呼ぶのだったか。逮捕の場面なのだろう、挿絵のロベスピエールは軍人に顔面を撃たれている。次の頁には、大きな手巾で顔の下半分を覆うようにして断頭台へ向かう彼のスケッチが載っていた。

「問題は、これを盗むことが出来たのは誰かということです」

ぱたんと音を立てて中尉は本を閉じた。

「先生は金東珍やヴァシリーサを部屋に招いたことはありますか？」

「いいや、一度も無い」

「食堂に行かれる際やお休みの時は？　扉に鍵を掛けていらっしゃいますか」

「中尉がそう忠告をして呉れたから、一応は掛けている積もりだが」

不意に胸の裡が騒《ざわ》めき始めた。中尉の云わんとすることが理解出来たのだ。

そんな私の動揺を見透かしたように、江見中尉は小さく顎を引いてみせた。


夕刻。自室で茫《ぼう》と煙草を燻らしていると、江見中尉が訪ねてきた。

中尉は開口一番、事件について新しく分かったことがあると云った。

「屍体を解剖させたのは、宝石の類いを呑み込んでいるのではないかと思ったからなのです。満洲なぞでは、屍体の臓腑に防水布で包んだ阿片《アヘン》を隠して運ばせるのが常套《じょうとう》手段ですからね。今回は生憎と見つかりませんでしたが、代わりに妙な物が直腸から見つかりまして」

直腸と私は繰り返した。

「お尻の穴から何かを挿《い》れたということかい」

「精液です」

予想だにしなかった回答に、私は言葉を失った。

「それは中尉、その」

「事件の前、羅子墨は男相手に盛《さか》っていたということです」

中尉はあけすけにそう云ってのけた。薄汚れた「突撃一番」の紙袋が脳裏を過る。私は少なからず混乱した。

「でも、彼は軟禁状態だったじゃないか」

「ですから羅子墨の相手は二階にいたことになる。そして訊問の時点でそれに言及しなかった以上、羅の殺害と無関係だとは思えません。念のために伺いますが、先生、貴方ではありませんよね」

「そんな。真逆私は」

思わず腰を浮かす私を、中尉は冷徹な顔で制した。

「ご安心ください。飽くまで確認させて頂いただけです。さて先生、実はこの後で全員を集め、羅子墨殺害事件について話したいと思っているのです」

中尉は椅子の背に手を置き、私の顔を覗き込んだ。

「つきましては、是非とも先生にお願いしたいことがあるのですが――」


私たち四人が食堂に集められたのは、六時半を過ぎた頃だった。

窓の外には既に夜の帷《とばり》が下り、朧月《おぼろづき》のような天井の吊《つ》り照明からは、絞られた灯りが辺りを照らしていた。

中央のテーブルには金とヴァシリーサが着き、その傍らに江見中尉が立っている。重苦しい沈黙のなか、私は隣のテーブルから三人の様子を窺っていた。

扉が開き、給仕服姿の李岩が飛び込んで来た。

「ごめんなさい、遅くなりました」

上着の裾を翻しながら此方に駆け寄った李は、何処に行くべきかと目を泳がせていた。

私は立ち上がると足早に歩み寄り、肩に手を置いて金たちのテーブルに腰掛けるよう促した。その後ろに立つ私を一瞥して、江見中尉は咳払いをした。

「こうして再びお集まり頂きましたのは他でもありません。昨夜の羅子墨殺害事件につき、捜査に大きな進展がありましたのでそれをご報告する次第です」

「犯人が分かったのか」

「そういうことです」

「だったら、どうして早く捕まえないんだ」

「あと一歩という所だからですよ。さて、それでは早速始めましょうか。事件の詳細につきましては既に皆さんご存知でしょうから割愛します。何よりも我々が究明すべきは、羅を殺した犯人の正体です。其奴《そいつ》さえ判明すれば、現場から消え去った宝飾品の行方や殺害の動機も明らかになることでしょう」

中尉は言葉を切り、卓上にあった冷水を少しだけ含んだ。

「昨夜、私は〇〇三〇《マルマルサンマル》に訊問を止め、一時間の休憩を挟んで〇一三〇《マルヒトサンマル》から再開する予定でした。私が退出した後で、〇〇五〇《マルマルゴーマル》、羅は廊下にいた給仕を呼び付けて新しい枕を持って来させています。そして〇〇五八《マルマルゴーハチ》、何者かの手で射殺された。それぞれ確認させて貰いましたが、皆さんにはその時刻の不在証明というものがない。では何人《なんぴと》も犯人たり得るのかと云われるとそうではありません。犯人から除外することが出来る方もいます。先ず其方《そちら》の那珂川二坊先生です。現場には羅が抵抗したような跡はありませんでした。那珂川先生は、このなかで唯一羅と接点がありません。羅からすれば、同じ階に逗留している日本人だということぐらいは分かったことでしょうが、命を狙われた奴の心情からして、突然現れた先生をそう易々《やすやす》と受け容《い》れるとは思えない」

「本当は顔見知りだったという可能性は検討しないのか」

金の指摘に、中尉は卓上の『新古今和歌集』を取り上げた。

「現場にはこの本が残されていました。これは、先生が日本から持参した一冊です。若し先生が人目を忍んで二〇三号室を訪れていたのだとしたら、敢えてこれを残していくとは思えません。そんなことをしても利点は無いのですから。ああそうだ。忘れていましたが、私も犯人からは除外して貰いましょう。私が羅を殺す訳も無いのですが、何より羅が射殺されたその時間帯、私はこの食堂で部下と一緒にいました」

失礼とヴァシリーサが口を開いた。

「疑う訳ではありませんが、上官の命令で以て口裏を合わせているということはありませんよね」

「その場には春帆飯店の支配人も同席していました。お疑いになるのでしたら彼を呼んできましょうか」

「そうですか。それでしたら結構、どうぞお続けになって」

中尉は満足そうに頷き、再び口を開いた。

「話が逸《そ》れましたが、問題はこの本なのです。これは即《すなわ》ち那珂川先生のいる二〇一号室から持ち出された物であって、果たしてそれが可能だったのは何者か。金さん、あなたは那珂川先生の部屋を訪れたことがありますか」

「ないよ」

金は素っ気なくそう答えた。中尉は続けてヴァシリーサに顔を向ける。

「ルキヤノヴァ先生、あなたはどうです」

「私もありません」

「先生、二人の証言に間違いはありませんか」

幾つもの視線が私に集まる。口の乾きを覚えながら、私は顎を引いた。

「私が覚えている限り、その二人が部屋を訪れたことは無い筈だ」

李岩が太扯了《タイチェレ》と叫んだ。

「そんな、じゃあ僕だって云うんですか⁉」

「消去法でいくとそうなるな」

中尉の顔からは微笑が消えていた。李は激しく首を横に振った。

「違います、違いますよ。僕は何もやっていません！」

「しかし、羅と最後に会っていたのも貴様だった」

「それは偶々《たまたま》で……！」

李の訴えを遮《さえぎ》るように、食堂の扉が二度ノックされた。

扉越しに、呉竹軍曹入りますという野太い声が響き渡る。江見中尉は素早く振り返って、入れと返した。

「失礼します」

中尉の了解と同時に呉竹が入室し、その場で敬礼した。

「給仕控室の捜索がひと通り完了致しました」

「見つかったか」

「ここで申し上げて宜《よろ》しいですか」

「構わん」

「壁際の床板に不審な箇所があり剝がしてみたところ、これが見つかりました」

直立不動の姿勢で答える呉竹は、つかつかと我々のテーブルに歩み寄り、左手にあった紙袋を置いた。その口からは、綿に包まれた小粒の宝石が四つばかり転がり出た。

これはと呻《うめ》いた切り、金は言葉を失っていた。ヴァシリーサも目を見開いている。江見中尉は、冷ややかな目を李岩に向けた。

「これで間違いないな」

「知らない、本当に知らないんだ」

李は紙のような顔色でそう繰り返している。無感情な目で其方を一瞥してから、呉竹がしかしと続けた。

「中尉が仰いましたダイヤモンドに関しましては、此処に入っておりませんでした。現在も捜索中です」

「高価な物だから身に付けているのかも知れん。調べてみろ」

絶望的な表情で李が勢いよく立ち上がる。

その時、上着のポケットから何かが転がり出た。床板を叩く硬質な音が、足元に聞こえた。その場にいた全員が、反射的にテーブルの下を覗き込む――暗がりの床に転がっているのは、葡萄《ぶどう》ほどの大きさがある純白のダイヤモンドだった。

それからの出来事は一瞬だった。

李岩が床を蹴って椅子から離れ、私にぶつかって来た。

その勢いに押し飛ばされ、私は隣のテーブルに背中から思い切りぶつかった。激痛に息が詰まり、歪《ゆが》む視界は灰色の天井から、扉口に向けて駆ける李の後ろ姿に切り替わった。

耳を劈《つんざ》く一発の銃声が、直ぐ近くで鳴った。途端、何かに躓《つまず》いたように李がその場で崩れた。

強《したた》かに打った背中と腰は、焼き鏝《ごて》を当てられたように熱く、痛かった。椅子に縋りつきながら何とか立ち上がると、テーブルの向こうでは江見中尉が自動拳銃を其方に突き出していた。金は中腰のまま固まり、ヴァシリーサは片手で口を覆っている。銃口からは、蒼白い煙が細く立ち上っていた。

床に倒れた李はぴくりとも動かなかった。後頭部には黒い孔が空き、深紅の血が泉のように噴き出していた。

鼓動は早鐘のようだった。眩暈《めまい》がして、私は椅子に縋ったままその場に頽《くずお》れた。

江見中尉は拳銃をホルスターに仕舞い、淡々とした口調で屍体を片付けるよう呉竹軍曹に命じた。

＊

一拍の間を開けて、扉が二回ノックされた。

私は本から顔を上げ、どうぞと返す。江見中尉だろうと思っていたが、扉の向こうに現れたのは、意外にも金東珍だった。

「少し話がしたいのだけれども」

金は私の返事を待たず、つかつかと入って来た。大きな黒眼鏡のせいで、その表情は窺えない。私は本を閉じて立ち上がった。

「何の御用かな」

「羅子墨が死んだ件ですよ、センセイ」

金は書き物机の椅子を引くと、どさりと腰を下ろした。ラジオからは丁度「海ゆかば」が流れ始めた所だった。私は立ち上がり、卓上のスイッチに手を伸ばした。

「気遣いは無用、そのままで構わないとも」

金は摘まみ出した煙草を咥え、燐寸を擦った。

「それで御用件は」

金は何も答えず、紫煙を吹き上げながら室内をじろじろと見廻している。私は強い口調で再び金の名を呼んだ。

「申し訳ないが、雑談相手なら他を当たって貰いたい」

「解剖の結果、羅子墨の直腸からは精液が見つかったそうですよ」

金が唐突に口を開いた。

「奴《やっこ》さん、死ぬ前に盛って種付けされてたって訳です。センセイは知ってました？」

金の目的が分からずに、私は戸惑いながらも頷いた。

「それは江見中尉から聞いた。羅は地元でも有名な被虐体質の男色家で、重慶国民政府の間諜たる李岩はそれを良いことに、自分の身体を糧として関係を持ったんだろうと……」

「格下の給仕に虐げられて悦《よろこ》んでたってワケか。あの李岩がねぇ」

金は指先に煙草を挟んだまま、片肘を抱いた。

「羅子墨を犯した者と殺した者が一緒だとすれば、犯人は当然男ということになる。それは李だけじゃないだろう。まあ、センセイみたいなお爺《じい》さんじゃあ相当頑張らないと無理だろうけど」

「何が云いたいんだ」

「はは、そう怒らないで。そもそも僕が云っているのはセンセイのことじゃあありません。

江見ですよ」

　私は咄嗟の返しに詰まった。一体、この男は何が云いたいのか。肚の底で沸き上がった怒りに、突然水を浴びせられた気持ちだった。

「江見は本当に関係無いのかって話です。羅子墨に死なれてとんだ不祥事だとか云っていたけど、あれだけの宝石が手に入るなら安いものでしょう」

「莫迦《ばか》なことを云うな。羅が撃たれた時間、中尉は一階の食堂にいたんだぞ」

「誰も、江見が撃ったとは云っていないじゃないですか」

「君はいったい何を云って――」

「羅子墨は自殺未遂で済むと思っていたんですよ」

　金は腕を伸ばし、床に灰を叩き落とした。

「センセイは知らないだろうから、特別に教えてあげましょう。いいですか、羅子墨は生贄《いけにえ》だったんです。中国の民衆は飢えている。農作物の殆《ほとん》どを蝗《いなご》に喰い荒らされて、手元に残った僅《わず》かな分も日本軍に毟《むし》り取られるからね。飢餓は憎悪に繋がる訳だけれども、それが自分たちに向けられることを厭《いと》った日本人は、代わりとなる〝民衆の敵〟を創り上げることにした。それが、食糧統制管理局局長の座にあった羅子墨だった」

「嘘を吐くな。羅は青幇に米穀を横流ししていたって」

「デマですよ、デマ。日本軍が流したデマゴギーです。初めは禁固刑で済ませるという話だったのに、蓋を開けたら死刑だったと、羅子墨は知人を介して私に泣きついてきました。

流石にそれは非道《ひど》いと思ったから、満漢民族の違いはあれど、僕は弁護を引き受けたんです」

聞いていいた話とあまりにも違う。鼓動は一気に速まり、私は眩暈すら感じ始めていた。

「……しかし、そうだとしたら猶更《なおさら》分からない。君は羅が自殺を図ったと云ったじゃないか」

「江見に唆されたんですよ」

「でも、羅がそれに従うとは」

「入れ替わりです」

金は、喫《す》い切った煙草を卓上で押し潰した。

「拳銃自殺の失敗と見せかけて顔面に傷を負う。当然、治療のために顔の殆どは包帯で覆い隠されることになるでしょう。顔さえ分からなければ、刑の執行前に他人と入れ替わることだって容易だ。上海の路地裏を覗けば、自分が誰かも分からない脳の溶け切った阿片患者なんざ五万《ごまん》といます。連中を使えば、羅の替え玉にはこと欠かない」

私はあっと叫んだ。

「それは、ロベスピエールの」

「そう、あの伝記です。センセイも見たでしょう？　最終章には、断頭台に向かうロベスピエールを描いたジャック＝ルイ・ダヴィッドのスケッチが載っていましたね。あれは、僕たちには羅の読み本だと思わせておいて、実際には江見が、こうすれば分かりゃしないって説明するための物だったんですよ」

「でも、だったらあの宝石は」

「ええ、アレが全ての原因なんです。元々は江見が云った通り、判事や法官を買収するために僕が用意させた物でした。羅を銃殺刑から救うには、もうそれぐらいしか手が残っていなかったんです。死刑囚の羅が宝石を所持する許可を得るために、僕だってかなりの金をばら蒔《ま》いた。ただ、結果的にそれが奴を凶行に駆り立てることになってしまった。羅子墨がみすみす殺された責任の一端は僕にもある。だからこうして、誰に頼まれた訳でもないのに真犯人を追及しているって話ですよ」

真犯人と私は口のなかで繰り返した。金はたっぷりと時間をかけて新しい一本を取り出し、火を点けた。

「江見は『金東珍の買収工作は失敗に終わる。だから、このままいけばお前は間違いなく死刑だ。ただ、それを避ける方法が一つだけある。替え玉だ』とでも羅に囁《ささや》いたんでしょう。そして、その対価として宝石を要求した。神経衰弱の羅は、僕に相談することも無くその要求を呑んだ。尤も、江見には羅子墨を助ける気なんて端《はな》から無かった。だから自分の不在証明を作るため、午前一時直前に決行するよう云って、羅に拳銃を渡した。その時間に合わせて医者を呼んでおくとでも云えば、羅は唯々《いい》と従うでしょうからね。だけどその銃は江見の手で改造されていて、至近距離で顔を撃とうものなら到底助かる筈もない代物だった。僕も実物を見ましたけど、銃身では円環状に護謨が溶けていました。あれは消音のために哺乳瓶の吸い口でも嵌めた跡に違いない。江見はその護謨を、威力を弱めるための細工だと羅に説明した。だから、どれだけ顔に近付けてもせいぜい皮膚を傷つける程度だとでも云って……。哀しい哉、文官の羅は江見の言葉を疑うこともせず、零時五十八分、生きるために引金を引いたんです」

口のなかが矢鱈と乾いた。唾を飲み込もうとしたが喉には痰《たん》も詰まったようで、息が苦しかった。

「頃合いを見て下の食堂から二〇三号室に戻った江見は、羅が死んでいることを確認した後で、トランクから宝石の入った革袋を盗み取る。現場から宝石が無くなっている以上、羅の自殺で済ませることは出来ないので、江見には羅を殺した犯人を創り上げる必要がありました。だからウイスキーのグラスを用意したりと偽装工作を行った。拳銃に消音機能を付け足したのはこのためでもありました。二階で銃声が鳴り響けば、僕やヴァシリーサが飛び出して直ぐに事件が露見してしまうからね」

「だったら羅の相手というのも」

「江見でしょう。訊問は一対一でやっていたんです。筆記係の部下がいないのを良いことに、よろしくやっていたという訳で。直前に羅を犯したのは、敢えて精液を残すことで外部犯の存在を際立たせることが目的だったのか、それとも、死ぬ前にもう一度だけ羅の身体を味わっておきたかったのか。まあどちらでもいいのですが」

淡々と金が述べる事実の数々に、私は全身から力が抜けるようだった。脚が震え、堪《たま》らず近くの寝台に腰を落とした。

「ただ、羅を死なせた後でとんでもない事実が発覚した。肝心の非常階段が使用不可能だったんです。江見の奴、そりゃあ焦ったことでしょう。だから奴は、どうしても二階の誰かを犯人に仕立て上げる必要が出てしまった。さあ、ここまでだらだらと喋ってきましたが、僕がセンセイに訊きたいのはここからなんです」

「私に、何を」

「李岩ですよ」

その名を耳にした途端、心臓が大きく跳ねた。一気に全身が熱くなり、身体中から粘っこい汗が噴き出した。

「食堂で江見が李を追い詰めた時、奴のポケットから大粒のダイヤモンドが飛び出しましたね？　控室から見つかった分は、江見が李の不在を見て盗んだ内の極く一部を仕込んだんでしょうが、あれは可怪《おか》しいと思いませんか」

意味が分からないと返そうとした。しかし、痰の絡まった喉の奥からは息が漏れるばかりで、言葉を結ぶことが出来なかった。

「李の上着のポケットは小さくて底も浅い物だった。だからこそ、勢いよく立ち上がっただけでダイヤが飛び出たんです。それなのに、どうして食堂に駆け込んで来た時には大丈夫だったんでしょう？」

「それは」

「後から誰かが忍ばせたんじゃないのかと、僕は思うんだよ」

金の口調が変わった。黒眼鏡越しの眼差《まなざ》しは、私の顔を真正面から見詰めている。私は堪え切れず、顔を逸らした。

「李岩が入って来た時、僕とヴァシリーサは席に着いていた。江見もその場からは動かなかった。彼に近付いたのはただ一人、那珂川センセイ、アンタだけだよ」

知らないと私は答えた。自分の声ではないような、掠れ切った声だった。

「違う。私は知らない」

私は立ち上がり、懸命に云い募った。金は煙草を燻らせながら、そんな私を黙って見上げていた。私は、必死に逃げ道を捜した。

「き、君は偉そうにそう云うが、肝心なことをひとつ飛ばしている。犯人が男だというのなら、李岩に江見中尉、それに私だけじゃなくて君だって入るじゃないか」

黒眼鏡の端で、金の濃い眉毛が動いた。

「私だって部屋に鍵を掛け忘れたことはあったかも知れない。その隙に君が本を盗まなかったとは云い切れ――」

必死の訴えを断ち切るように、大きなノックが部屋中に響いた。その後には、軽川上等兵入りますという威勢の良い声が続いた。

入り給えと金が静かに返した。現れた軽川上等兵は、室内を素早く見廻してから私に敬礼した。

「つかぬことをお尋ねしますが、那珂川先生は分隊長殿の外出先を御存知でしょうか」

　私は息を呑んだ。

「江見中尉が……？」

「はい。一四〇〇《ヒトヨンマルマル》に出て行かれたのですが、未だお戻りではないのです。外の歩哨には、那珂川先生の用事で一寸出掛けると云い残されたそうなのですが」

「逃げたんだよ」

　知らないと答えかけた私に覆い被せるように、金はきっぱりと云い切った。その口の端には嘲りの色が如実に浮かんでいた。

「実は此処に来る前、江見の所に寄ったんだ。全部分かっているんだぞってね。奴さん、最後までシラを切っていたが、ははは、結局逃げ出したか。おい兵卒君、江見中尉殿は羅子墨を殺したことがバレたから、尻尾を巻いて逃げ出したんだ。上官にもそう伝えておけ」

　そんな口を利かれたことが無かったのだろう。ぽかんと口を開けていた軽川の顔が見る見るうちに赤く染まった。

「こ、この支那人《チャンコロ》が」

　血相を変えて摑み掛かろうとする軽川に向かい、金は黒眼鏡を外して素早く立ち上がった。

「口の利き方に気を付けろ！　上等兵風情が対等に口を利けると思うなよ。僕を誰だと思っているんだ、安国軍総司令の金璧輝《ジンビーフェイ》だぞ！」

私は愕然とした。金が口にしたそれは、関東軍が熱河省《ねっか》進出のために認可した満人義勇軍の名称だった。そんな安国軍の総司令たる金璧輝――この私でさえ知っている、或る著名人の別名だった。

軽川は反射的に敬礼すると、一瞬だけそれを悔いるような表情を覗かせて、しかし直ぐに部屋から出て行った。

「その顔を見る限り、センセイも僕が誰なのかを知らなかったようだね」

金東珍――金璧輝は胸ポケットに手元の黒眼鏡を仕舞い、上着の釦を外していった。顕わになった白いワイシャツの胸部は、緩やかに膨らんでいた。

「股座《またぐら》にイチモツをぶら下げたアンタたちと違って、僕は女なんだぜ？　どうやったら羅子墨を犯せるって云うんだい」

無知を嘲るその白い顔を、私は新聞やニュース映画で、何より村松梢風《むらまつしょうふう》君の小説『男装の麗人』の広告で見たことがあった。

身体の底から、顫えが込み上げてきた。

視界が揺れ始めた私の耳の奥に、江見中尉の囁きが蘇る――実は、李岩が国民党の間諜《かんちょう》だということが分かったのです――しかし、これといった決め手が無い。そこで、これから全員を食堂に集めて推理を披露し、その間に給仕控室を捜索します――ついては、隙を見て奴のポケットにこのダイヤを放り込んで呉れませんか――いえいえ問題はありません。奴が我々の敵であることに違いは無いのです――何卒お願いしますよ。だって先生、これも抗日軍の討伐に繋がる大事なご奉公なのですから——。

待って呉れと私は呻いた。

「若しそうだとしたら、私の『新古今和歌集』を盗んだのも江見中尉だったことになる。初めは外部犯の仕業にする積もりだったのなら、どうして予め私の本を盗んだりしたんだ。可怪しいじゃないか！」

「さあ、どうだろう。アンタに嫌疑を掛けるための小道具だったのかね。疑いを晴らすことで信頼を勝ち取って、後々手駒として使うために……いや、待てよ」

金の目が不意に薄くなり、やがて冷ややかな笑みが顔中に広がった。

「話は変わるけど、アンタが慰問講演の講師に選ばれたのは江見の推薦だったそうじゃないか。そりゃ本当かい？」

私は反射的に頷いた。何で知っているんだとも思ったが、あの時の嬉しさ、誇らしさを、茶話がてら李岩にも話していたことを思い出した。

「成る程、そういうことか」

金は声を上げて笑った。

「こいつは可笑《おか》しいや。那珂川二坊なんて作家の名前、僕は聞いたこともないからね。なんで態々《わざわざ》そんな無名の爺さんを呼んだんだろうって不思議だったんだよ。そうか、やっと分かった。よかったねえセンセイ、江見に犯人にされなくてさ」

「何を云って」

「アンタも代役だったんだよ。万が一外部犯を創り出せなかった場合に備えて、江見は二階にも犯人の候補を用意していたんだ。それが李岩とアンタだったってワケさ」

刹那、恐ろしい考えが私の脳裏を駆け抜けていった。

しかし私は、莫迦を云うなと笑おうとした。

そんな訳がない。確かに羅子墨が捕まったのは昨年の末で、死刑の判決が下ったのは一月の下旬だ。そして文学報国会から私の許に話が持ち込まれたのは二月八日だった。時系列に無理はないのかも知れない。

しかし、しかし、一介の尉官の一存で講師を決められる筈もない。己が計画に都合の良い、認知度も低く、強盗殺人犯の名の下に上海で死刑宣告された所で話題となりそうもない無名作家を選ぶことなんて、出来る筈がない！

私は笑おうとした。肚の底から笑おうとした――しかし、出来なかった。

金はゆっくりと、短くなった煙草を私に向ける。

「江見の奴、アンタみたいな誰も知らない、でも無駄に長く生きている〝文壇の長老サマ〟数人の名前を挙げたんだろうね。それで、偶々《たまたま》アンタが引っ掛かったってワケだ。危ない所だったじゃないか、なあ？」

身体のなかで、何かの割れる音がした。目の前が真っ白になり、気が付いた時には、私はソファに頽れていた。

金は煙草を床に棄て、無情な顔でそれを踏み潰した。

「子どもを殺すことは、無限の可能性を殺すことに等しい。忘れるな。アンタが犯した罪は、この世で一番重い罪だ」

唇も舌も動かなかった。私はただ、残忍な金の顔貌を、真正面から眺めていた。

「十日の空襲じゃ十万人が死んだそうだぜ。茲《ここ》に至っても軍人の云うことを妄信するアンタみたいなおめでたい人間ばかりじゃあ、大日本帝国の行く末も推して知るべしだな」

金は最後にそう吐き棄て、部屋から出て行った。

大きな音を立てて扉が閉まったその時、ラジオの楽曲が甲高いアナウンサーの声に切り替わった。ニュース報道の時間だった。

大本営発表が淡々と読み上げられるなか、私は或る一節に顔を上げた。

「敵機動部隊また南洋諸島に近接、沖縄に上陸を開始せり……」

信じていた物が、音も無く崩れ始めていく。

酷く寒い。上着越しにも肌を刺すようなこの冷気に、どうして今まで気が付かなかったのだろう。

歯の根が合わず、がちがちと耳障りな音を立て始めた。私はそれに抗うため、勝たねばならぬ勝たねばならぬといつまでも呟き続けていた。

「帝国妖人伝」――四人目、川島芳子《かわしまよしこ》

第五話　列外へ

目の前には逆さの顔があった。

大きな眼鏡を掛けた、若い男だ。頬の痩《こ》けたその顔は色濃く陽《ひ》に焼けて、咄嗟《とっさ》に椎《しい》の実を思わせた。

誰だろうと記憶の抽斗《ひきだし》に手を掛け——ふと思った。此処《ここ》は何処《どこ》だ？

覗《のぞ》き込むその顔の向こうには、薄色の空が広がっている。私はその時になって、漸《ようや》く自分が仰向《あおむ》けに倒れていることに気が付いた。

私は、大いに混乱した。

頭のなかに大きな水槽があって、その栓がひと息に抜かれたような感覚だった。夥《おびただ》しい量の情報が、一気に私の脳内に流れ込んで来た。

い、い、いかい、いいか、いか、どうして仰向けに倒れているのだろう。真っ先に浮かんだのはそんな疑問だった。意識を失う直前、私は確かに両膝から頽《くずお》れた筈《はず》だった。

視界の違和感には、その時になって漸く気が付いた。眼鏡がずれていたのだ。直そうとして右手が支《つか》えた。私は、大きな三角巾で右腕を吊《つ》っていた。のろのろと腕を抜き、眼鏡を掛け直してから身体《からだ》を起こした。

「あ、大丈夫なんですか」

折れているとでも思ったのだろうか。上半身を起こす私の背に、青年は慌てて手を添えた。

何ともないと答えかけた矢先、左手首に鈍い痛みが走った。土で汚れた包帯には、真紅の血が微《かす》かに滲《にじ》んでいた。

大丈夫ですかと青年は繰り返した。歪《ゆが》んでしまった眼鏡の弦《つる》を弄《いじ》りながら顎を引いた私は、口のなかに小さな欠片《かけら》があることに気が付いた。

半ば融《と》けつつあるそれを、舌の上で転がしてみる。酷《ひど》く甘い。久しく味わったことの無い甘さだった。

融け尽きた甘い液汁と共に唾を飲み下して、私は辺りを見廻《みまわ》した。

二十米《メートル》程続く、黒々とした透塀《すかしべい》の前だった。

迫《せ》り出した軒先からは、幾つかの青鈍《あおにび》色の灯籠が、間を空けて荒縄に吊るされている。手前の一つは地面に落ち、角張った装飾が大きく壊れていた。中空に垂れた縄は、微かな風に解《ほつ》れた先をぶらぶらと揺らしている。落ちた灯籠の傍《そば》には私の竹杖《ステッキ》と、見覚えのない古びた背嚢《はいのう》が転がっていた。

透塀の反対側には、鬱蒼《うっそう》とした木々に隠されて、丹《に》色の剝げた社《やしろ》が幾つか並んでいる。未《ま》だ暗い木立からは、蟬《せみ》の声が幾許《いくばく》か控えめに響いていた。

此処はという私の呟《つぶや》きに、青年は北野《きたの》天満宮ですよと答えた。

「天満宮の境内です。ああ、本当は北野神社と呼ばなくちゃいけないんでしたっけ？　ホラ、祭神が皇族じゃないと宮は名乗れないとか」

声に成り損なった吐息が、自《おの》ずと唇から漏れる。思い出した。此処は、確かに天満宮の本殿を囲む廻廊《かいろう》の脇だ。

なみなみと注がれた情報から、私はやっとその断片を摘《つ》まみ出すことが出来た。私の名前は那珂川二坊《なかがわふたぼう》。今日は昭和二十年の九月三日で、時計は無いが、陽の昇り具合から察するに未だ六時台か、七時を廻ったばかりだろう。

喉に絡まる粘っこい痰《たん》を切って、何事も無い左腕に再び目を落とす。計画が失敗したこと、を、私は漸く理解した。

そうだと分かった途端、肚《はら》の底が重たくなった。鉛でも詰め込まれたように、胸も重たく感じられた。

短い呼吸を繰り返しながら、私は青年に目を戻した。

睨《にら》みつけた積もりは無かったのだが、青年は一寸《ちょっと》面食らったような顔になった。それでも彼は、躊躇《ためら》い気味に具合はどうですと顔を近付けてきた。私は思わず目を逸《そ》らし、君は誰だと問うた。

「単なる通りすがりですよ。偶々《たまたま》立ち寄ったら、貴方《あなた》が倒れていたものだから。本当に大丈夫ですか。頭を打ったのかなあ。自分が誰だか分かりますか」

した。

残っていた粘っこい甘味と混ざり合った。乾いた口元を手で覆いながら、私は青年を瞥見《べっけん》
口ではそう云《い》ってみたものの、動悸《どうき》は速まる一方だった。口中には止めどなく唾が湧き、

「大丈夫だ。もうすっかり良くなった」

「何か口に入れたのか」

「変な物じゃありませんよ。氷砂糖です。楽しみに取っておいたんですけど、どうも貴方は低血糖の様子だったので」

「多分そうなんだろう。散歩の途中だったんだ。眩暈《めまい》がしたから戻ろうとしたんだが、そこから記憶がない。しかし、よく分かったね」

青年は肩を竦《すく》め、これでも一応医学生なものでと云った。

「東京医学専門学校の二年生です。自分で云うのも何ですが、ちゃんとした医者の卵という訳で」

竹杖に手を伸ばし、それを支えに何とか立ち上がる。脚は腿《もも》から震えたが、青年も手を貸して呉《く》れたお蔭《かげ》で何とか立つことが出来た。

下着だけでなく、麻織の縮《ちぢみ》まで冷たく濡《ぬ》れていた。余程汗を流したようだった。気化熱のせいか、今が盛夏だと信じられないぐらいに全身が冷たかった。

「もう少し休んでからの方がいいのでは？」

「いや、もう大丈夫だ。有難う」

そうですかと顎を撫《な》でる青年は、ふと思い出したように学生服のポケットに手を突っ込んだ。

「そういえば、これって貴方のですか？　近くに落ちていたんですけれど」

黒鞘《くろざや》の小刀だった。私は、咄嗟に左の袖を動かした。袂《たもと》には何も入っていない。

「私の物だ。倒れた時に落としたんだろう。どうも有難う」

出来る限り素早く小刀を摑《つか》み、青年に背を向ける。

その途端、世界が歪んだ。

遠くの茂みが、いきなり目の前に迫ってきた。足下の地面も捲《めく》れ上がり、私は足を掬《すく》われそうになった。

不意に、聞き覚えのある、しかしもう二度と耳にすることはないと思っていた金属性の乾いた音が、私の鼓膜を刺した。

反射的に、声にもならない悲鳴が喉の奥から迸《ほとばし》った。グラマン機が空を切る駆動音に間違いなかった。敵機の襲来。空襲。機銃掃射。物陰に隠れなくては。嗚呼《ああ》矢張り、矢張り戦争は終わっていなかったのだ――。

危ないという大声が耳元で響いた。

気が付くと、私は青年に支えられていた。

「だから云わんこっちゃない！　無茶はいけませんよ」

流石《さすが》に呆《あき》れたような顔だった。どうやら立ち眩《くら》みを起こして、頭から後ろに倒れかけていたようだ。心臓が早鐘《はやがね》のように打ち続けている。私は返す言葉も無かった。

「一寸休めるようなベンチでもあればいいんですが、神聖なる境内には望むべくもないか」

　青年は私の背に手を当てたまま辺りを見廻していたが、やがて透塀を目で示した。

「背凭《せもた》れ代わりに使うのは不敬かも知れませんけれど、病人を休ませるためなら天神様も許して呉れるでしょう」

　私は青年に支えられながら、少しだけ陽の当たる地辺田《じべた》に腰を下ろした。背に当たった木壁は、夜露を吸ってしっとりと冷たかった。

「済まないね。もう大丈夫だから」

　青年はそうですかと答えつつ、件《くだん》の背嚢を携えて私の隣に腰を下ろした。

「君、気に掛けて呉れなくてもいいんだ。もう行って呉れ給《たま》え」

「いやあ、実のところ暫《しば》くはすることも無くて暇なんです。汽車の乗り換えでまだあと三時間近くありますから」

　青年は腕時計を一瞥《いちべつ》して、故郷の但馬《たじま》に帰るため山陰線の乗り換えで時間を潰しているのだと付け足した。

　私は懐から金鵄《きんし》を取り出した。中身を検《あらた》めたが六本しか残っていない。抜き取った一本を咥《くわ》え、残りを箱ごと青年に差し出す。

「御礼と云ってもこんな物しかないんだが」

「えっ、いいんですか」

「勿論《もちろん》だとも。命の恩人だからね、君は」

「何だか悪いですねえ。でもお言葉に甘えて」

青年は嬉々《きき》として緑の紙箱を受け取り、早速一本を摘まみ出した。私は、未だ微かに顫《ふる》えている指で燐寸《マッチ》を擦り、煙草《タバコ》の先を炙《あぶ》った。同じ火で、青年の煙草にも火を点《つ》けてやった。

「この辺りにお住まいなんですか」

旨《うま》そうに煙草を吹かしながら、青年が何気ない口調で云った。

「いいや、家は西陣《にしじん》だから歩いて二十分ばかりだ。疎開組だよ、東京からの」

「ああ、疎開を」

「今年の春先に仕事で上海《シャンハイ》に行ったんだが、帰ってきたら三月の空襲で家が焼けていてね。家族もいない独り者だから、色々と伝手《つて》を頼って京都に落ち着いたという訳だ」

「京都は空襲も無かったですか」

「何度かはあったよ。それこそ、六月には私の近所にも爆弾が落とされた」

「西陣に？」

「そう、西陣に。可哀想《かわいそう》に、子どもから老人まで結構な数が殺《や》られた」

青年は首を巡らせ、東の空を見遣《みや》った。

「何が狙いだったんでしょうね。だって、西陣と云ったら織物の町でしょう。飛行機の部品でも作っていたんですか」

「そんなことはないと思うが。大阪から滋賀に抜ける途中で要らなくなった爆弾を落としたんだって噂《うわさ》は耳にした。実際はどうだか知らんがね」

ははあと青年は嘆息した。

「なんとまあ。残物の処理なんかで身内を殺されたら、本当にたまったもんじゃありませんな」

「君は東京から来たんだろう。どんな様子だね、彼方《あちら》は」

「それが生憎《あいにく》と、僕は信州から来たんです。学校ごと飯田《いいだ》って町に疎開しましてね。六月までは東京におりましたけど、まあ酷いもんですよ」

青年は灰を落としながらゆるゆると首を振り、帝都は殆《ほと》どが灰塵《かいじん》に帰した旨を述べた。

「本所《ほんじょ》、深川、浅草、日本橋《にほんばし》……。五月の空襲じゃ下目黒《しもめぐろ》から五反田《ごたんだ》まで一面が火の海でした。奴《やつ》ら、日本人のことは黄色い猿ぐらいにしか思っておらんのでしょう。同じ人間だと思っていたなら、あそこまで出来る訳がないんですから」

怨《うら》めしい言葉の内容とは裏腹に、煙を吐く青年の眼差《まなざ》しは何処か醒《さ》めていた。灰を落とし、私も煙草を咥え直した。

「大阪も相当酷いようだ。空襲に遭った夜、生駒《いこま》山を挟んだ奈良からは夕焼けみたいに空が赤く見えたらしい。街を焼く焔《ほのお》のせいだよ」

「ただ、京都は残った」

「奈良も大きな空襲には晒《さら》されなかった。君はその理由が分かるかね」

「さてね。連中は日本を占領した後で遊覧地とするために京都を残したんだって、此処に来る列車のなかで誰かが云っていましたけれど」

「そうなんだ。昭和の初めに京都を訪れたアメリカの然《さ》る将軍が、その美しい景観に強く心を打たれた。だから、京都を爆撃することは人間の文化そのものに対する冒瀆《ぼうとく》だと、強く反対したんだそうだ。それに若《も》し京都を焼け野原としたなら、日本人は以後アメリカを憎み続けるだろうともな」

「古い物や美しい物だって、何も京都の専売特許って訳じゃあないとは思いますがね」

青年は皮肉っぽい一瞥を私に寄越《よこ》し、そのまま空を仰いだ。

「僕は一寸別の理由を考えたんですよ」

「何をだね」

「京都が爆撃されなかった理由です。実際に来て知ったんですが、京都っていうのは三方を山に囲まれた盆地なんですな」

青年は指先に煙草を挟んだ手で、虚空に大きな弧を描いた。

「愛宕《あたご》、鞍馬《くらま》に比叡山《ひえいざん》だろう。それがどうしたんだ」

「いやあ、広島に似ているなと思いまして」

「何だって？」

「ホラ、爆撃をしたら街が壊れるでしょう？　どれだけの威力なのか正確に測ろうと思ったら、元の姿は完全な形を保っていないと意味がないじゃありませんか」

　私は青年の顔を凝視した。

「その将軍閣下とやらが見惚《みと》れた通り、京の都《みやこ》は多くが木と紙で構成された古《いにしえ》の街です。焼夷弾《しょういだん》なんて落とされようものならひとたまりもありませんよ」

「威力って、それは君」

「原子爆弾です」

　煙の輪を吹き上げながら、青年はこともなげに云った。

「確かに、京都を焼かれた日本人は断じてアメリカを赦《ゆる》さないでしょう。それだけこの土地は、僕らにとって大きな意味を持っている。だからこそ残しておいた。最後まで抗戦を訴える日本人の心を完膚無きまでに叩《たた》きのめすには、そんな拠《よ》り所を徹底的に蹂躙《じゅうりん》する他ない。そのためにアメ公は敢えて手を出さなかったんじゃあないかって、僕は思ったんです」

　青年は私を一瞥し、小さく肩を竦めてみせた。

知らぬ間に、強く煙草を嚙《か》んでいた。アメリカの厚意に感謝しつつあった自分が、とんだ間抜けに思えて仕方なかった。

　透き通るような朝の陽は、徐々に白みを増していた。首から下を照らされて、漸く私の身体も人並みに温まりつつあった。

　少し先の地面に映る光の帯を眺めながら、私たちは黙したまま煙草を喫《す》い続けた。向かいの木立では、引き潮のような蟬の声が引っ切り無しに響いていた。

「済みませんね、変なことを云って」

青年は地面に目を落としたままそう零《こぼ》した。最後まで喫い切った吸殻を指先で弾《はじ》き、私は構わないと答えた。

「失礼ついでにもう一つだけ。ずうっと気になっていたのですが、貴方、若しかして、人を、い、い、い、殺したんですか？」

私は再び青年の顔を見た。

此方《こちら》を向いているのは、研究者が観察対象を視《み》るように、真《ま》っ直《す》ぐな、しかし隔たりを感じる冷たい眼差しだった。

青年は直ぐに目を逸らし、済みませんと頭を下げた。

「大変失礼なことを云いました。どうぞ忘れて下さい」

青年は背嚢を手に立ち上がり、再び頭《こうべ》を垂れてから歩み去ろうとした。

私は咄嗟にその腕を摑んだ。

「待って呉れ」

「本当に済みません。云って善いことと悪いことがありますよね。どうか勘弁して下さい」

「そうじゃない。どうして分かったんだ」

青年は目を瞠《みは》った。私も、思わず口走ってしまったその事実に、二の句が継げなかった。

甲高い雲雀《ひばり》の啼《な》き声が、屋根の上から響いた。青年は頭を掻《か》きながら背嚢を下ろし、同じ場所に腰を下ろした。

「元々貴方の物だったんだから、喫いますかというのも変ですが」

差し出された金鵄の紙箱から、私は黙って一本を抜き取った。だが、直ぐ喫う気にはなれなかった。青年も新しい一本を咥え、自分で燐寸を擦った。甘い煙が、揺らめきながら漂ってきた。

「気を失っている時、私は何か口走ったのか」

「いいえ、そんなことはありません」

「だったら、君はどうして分かったんだ」

「貴方が人を殺したのかも知れないってことをですか？」

私は黙って頷《うなず》いた。青年は煙草を燻《くゆ》らせながら、そうですねえと呟いた。

「倒れている貴方を見て先《ま》ず思ったことは、このご時世です、行きずりの強盗にでも襲われたんじゃあないかってことでした。ただ、慌てて駆け寄っても外傷はない。それに、意識は無いけれどもうんうん唸《うな》っている。だから何かしらの発作だろうと思ったのです。それで色々と確かめたら、指先の顫えに頻脈、それに尋常じゃない量の冷や汗を流しておられた。教科書で見た通りの低血糖の症状でしたから、取る物も取り敢えず貴方の口に氷砂糖を入れた訳です。低血糖時の対応としては、ブドウ糖十瓦《グラム》の摂取が鉄則ですからね。シヨ糖の結晶である氷砂糖がブドウ糖に分解されるまでは時間も掛かりますが、それでも指先の顫えは少しずつ収まり始めていましたし、矢張り見立ては間違っていなかったんだと安心しました。そこで漸くひと息吐《つ》けた訳ですが、そうすると今度はアレが気になりました」

青年は灯籠の残骸を目で示した。

「あんな物が頭に落ちでもしたら、怪我《けが》どころじゃ済みません。上手《うま》く外れて良かったなあと思ったのですが、よく見ると一寸様子が可怪《おか》しいことに気が付きました」

青年は立ち上がり、灯籠に結び付けられた縄を持ち上げた。

「此処を見て下さい。刃物で切り付けたような跡があるでしょう？　それにホラ、こっちの方にも」

青年は腰を伸ばして、軒下に垂れる縄の先も指さした。

「この灯籠は青銅製で、かなりの重さがあります。軽く見積もっても十瓩《キログラム》以上はある筈だ。何者かがこの縄に切り傷を付けたなら、後は灯籠自体の重量で徐々に縄が解れ、やがては引き千切れる。この灯籠には、そんな自動落下の仕掛けが施されていたのです。となんでもないことをする奴もいたもんだと思ったら、驚いたことに、抱き起した貴方の懐から小刀が転がり出たじゃありませんか。しかもその刃《やいば》には、縄の繊維と思《おぼ》しき切り屑《くず》まで残っていた。それで僕は、スッカリ驚いてしまったのです」

私は袂の小刀を取り出し、鞘を払った。その刃先には、確かに茶色の繊維が幾つかこびり付いていた。

「貴方はこの灯籠を落とそうとした。では、それは何故《なぜ》か。僕は最初、貴方が自殺を図ったのだと思いました。貴方は左手首に創傷を負っていますね？　倒れた時の衝撃で疵口《きずぐち》が開いたのでしょう、幾許かの血が滲んでいました。手首を切っても死ねなかったから、重量のある灯籠で確実に頭を潰そうとした……それが目的なのだと思ったのですが、よく考えるとそれも可怪しい。態々《わざわざ》そんな手の掛かる方法を採る人がいるでしょうか？　況《ま》してや、右手を首から吊っているような勝手の利かない人がですよ？　ああ、ちなみにその右手は折れている訳じゃあないんですね」

私は彼の目の前で前腕を動かしてみせた。青年は煙草を口から離し、結構ですと頷いた。

「では、貴方は何の目的で灯籠を落とそうとしたのか。注目すべきは、倒れていた時の姿勢でした。貴方は初め、俯《うつぶ》せに倒れていた。低血糖を起こして倒れたのならそれ自体は自然ですが、問題はその恰好《かっこう》ですよ。こんな感じで、思い切り左手を突き出していたのです。何と云うか、そうですな、恰《あたか》も此処に落ちて呉れとでも云わんばかりにね」

青年は指先に煙草を挟んだまま、顔を伏せて左手を宙に突き出した。額に滲み出した汗を拭いながら、私はそうだろうなと呟いた。

「この人は左手に灯籠を落としたかったのではないか――僕はそう考えました。あれだけ重量もあり、しかも角張った物です。こう云っては何ですが、直撃したら貴方の腕などひとたまりもないでしょう。大怪我であることは間違いなく、処置を誤れば命にだって係わるかも知れない。それにも拘《かか》わらず敢行したのならば、それはつまり、貴方の目的は左手自体を失《な》くすことだったと考える他ありません。では、それは一体何故なのか」

青年は私の手元に目を落とした。

「僕は初め、その左手首の疵を自殺の痕だと考えました。しかし、実際に包帯の下まで見た訳じゃあない。若しかしたら、引っ掻き傷みたいな犯罪の痕跡かも知れない訳です。傷を隠すなら傷のなかという寸法で、貴方が左手を潰そうとしたのは、その傷痕を隠すためなのではないか。そして、再三となり大変失礼ですが、命にも係わりかねない老齢の貴方がそこまでするということは、隠そうとする犯罪も並大抵の物じゃあない筈なのです」

「だから殺人だと」

「そういうことです」

私は弄っていた紙巻を咥え、燐寸を擦った。甘い煙を肺一杯に吸い込んで、大きく吐き出した。

「素晴らしい想像力だ。君は医者になるよりも、余程小説家の方が向いているのかも知れないな」

青年は曖昧な顔で笑った。立ち上る青い煙の行方に目を移しながら、私はその通りだと云った。

「確かに私は人殺しだ。上海で、何の罪も無い少年を殺した」

そう口にした途端、稲光のように強烈な閃光《せんこう》を伴って、幾つかの情景が脳裏を過《よぎ》った――絶望的な表情で立ち上がる李岩《リーヤン》の顔――突き飛ばされ、激痛と共に見上げた食堂の天井――糸が切れたように頽れる李岩の後ろ姿――醒めた顔で拳銃を向ける江見《えみ》中尉の姿――そして、後頭部から鮮血の噴き上がる李岩の屍体《したい》。

不意に何も見えなくなった。あっと思った時には、大粒の涙が止めどなく溢《あふ》れ出ていた。何のための涙なのかは、自分でも分からなかった。顫える手で眼鏡を外し、目頭を押さえる。水っぽい、ただ冷たいだけの涙が私の指先を濡らしていった。

「……貴方、若しかして那珂川二坊先生じゃありませんか？」

顔を上げると、目を瞬《しばた》かせる青年の顔があった。

「いや、突然済みません。でも眼鏡のせいで分からなかったものですから。ああ、いや、そんなことはどうでもいいのかも知れませんけれど、その、実は以前お目に掛かったことがありまして。勿論先生は御存知ないと思うのですが」

青年は鼻の頭を搔いた。

「日比谷公園で山本《やまもと》元帥の国葬があった月だから、あれは昭和十八年の六月かな。僕、旺《おう》文社《ぶんしゃ》の『螢雪時代《けいせつじだい》』で懸賞小説に一等当選したことがあるんです。それで編集部を訪ねたら、其処に偶々《たまたま》那珂川先生もいらしたんですよ。応接室から出て来る所で。『螢雪時代』に短編小説を書かれたことがあるでしょう？　その時のことなんですが」

私は涙をぬぐいながら、首を横に振った。そんなことがあったのかも知れないが、もう覚えてはいなかった。

「でも、確かにそうだったんですよ。それで編集部の人が、『今のが最後の紅葉《こうよう》門下の那珂川二坊だ』って教えて呉れたんです。だから――」

　不意に青年が口を噤《つぐ》んだ。のろのろと顔を上げると、骨張った掌《てのひら》で口元を覆った青年が、私を凝視していた。

　三十秒と経《た》たない内に、青年はそういうことかと呟いた。

「……どうも、僕の推理は間違っていたようですね。先生は上海で子どもを殺したと告白されましたが、それは春先のことでしょう？　今更その時の痕跡を消す必要があるとも思えない。それに、折れてもいない右手を首から吊っていらした意味が僕には分からなかったのです。ただ、相手が小説家だとすれば話もまた変わってくる。那珂川先生、貴方は右手だけは護ろうとしたんですね」

　途端に息が苦しくなった。肺を鷲掴《わしづか》みにされたような気持ちだった。全身が冷えていく一方で、顔だけは火に面しているように熱かった。

　私を見詰める青年の眼差しには、憐憫《れんびん》の色が滲んでいた。私は顔を背けることも出来ず、ただ荒い息を繰り返した。

「死ななければならないのに、貴方は死ぬことが出来なかった。だから左手を潰すことで自ら罰しようとした。違いますか」

　指先が激しく顫え、煙草を持っていられなくなった。手や脚からも力が抜けて、何も彼《か》も云うことを聞かなくなった。

　視界の端々が白く染まり、息も吸い難《にく》くなった。

私は頭を抱えて、その通りだと叫んだ――。

*

上海から逃げ帰った私を待っていたのは、一面が焼け野原と化した東京だった。浅草光月町《こうげつちょう》の家は柱の一本も残らずに、妻の位牌《いはい》も、蔵書も、資料も、これまでの原稿や創作記録も全てが燃え屑になっていた。

途端に広くなった帝都の青空の下、私は長いこと立ち尽くしていた。爆弾が落とされるべきは自分なのだと思う反面、御国《おくに》のためにやったことをどうして責められなければならぬのかと――必死に――憤慨する気持ちも胸中には存在した。

相反する二つの心を抱えて生きるには、東京は人が多過ぎた。私は馴染《なじ》みの編集者に頼み込んで、何とか京都の片隅に新しい住まいを得た。上海から持ち帰った日記帖《ちょう》や本の類《たぐ》いは、全て残骸に埋もれた庭で焼き払い、私は着の身着のまま西へ下った。筆一本で暮らしを立てるようになって以来の万年筆も、灰の山に棄《す》てた。物を書くことに、最早《もはや》未練は無かった。

夏を迎えつつある京都は、既に大分と暑かった。

用意されたのは、西陣の北端、中猪熊町《なかいのくま》にある町屋だった。鰻《うなぎ》の寝床をそのまま表したような細長い平屋で、奥に小さな庭を抱いた三畳一間の造りだった。

それから二ヶ月あまり、私はただ生きているだけだった。

七十四年の人生で、これだけ本を読まず、ペンを握らず、原稿用紙にも向かわない日々が続いたのは初めてだったろう。時折物語の筋のような物が浮かぶこともあったのだが、その度に江見中尉と金東珍《ジンドンチェン》――川島芳子《かわしまよしこ》の冷ややかな眼差しが脳裏を過り、私は衝動的に手元の筆記具を投げ棄てていた。

日が昇ったら布団から起き上がり、飯を喰《く》い、当てもなく街中を歩き廻り、暗くなったら家に戻って、また飯を喰ってから寝床に入る。その繰り返しだった。

判で押したような毎日のなかで、近所のお宮さんへの必勝祈願だけは欠かしたことが無かった。晴れることのない陰鬱な思いも、この戦争に勝ちさえすれば必ずや霧散する筈だと、私は信じていた。

しかしそんな祈りも虚《むな》しく、本土への空襲は酷くなる一方だった。東京、名古屋、大阪、神戸、鹿児島、浜松、四日市、福岡、静岡、姫路、呉《くれ》、佐世保、岡山……。京都でも、私が越してきてから御所と西陣が爆撃された。

爆弾は、家から一粁《キロメートル》ばかり離れた西陣警察署の付近に落とされていた。後から見に行ったその焦げ臭い現場は、民家など跡形もなく飛散して、ただ直径二十米《メートル》、深さ九米ばかりの巨大な穴が幾つも掘り抉《えぐ》られていた。

黙々と瓦礫を撤去する警防団員や町内団員の傍らで、年老いた男が茫然と穴の縁に立っていたのを覚えている。家族の誰かが、若しくは全員が犠牲になったのだろう。男の顔からは、あらゆる感情が拭い取られていた。

そんな惨状を前にして、私はいよいよ以《もっ》て追い詰められていく息苦しさを感じずにはいられなかった。それは、広島と長崎に新型爆弾が落とされた時も同じだった。最早勝利は望むべくもないという事実に、私は目を背け続けることが出来なくなっていた。

隣近所の者たちがこの国の行く末を憂う度、私はその惰弱な心を諫《いさ》め、強い口調で戦争の継続を訴えた。勝てずとも、敗《ま》けを認めぬ限り戦争が終わることはない。最後の一人になるまで戦い続ける大和魂《やまとだましい》の気概を見せつけたなら、いつかはアメリカの方が諦めるだろう。きっとそうに違いない。私はことあるごとにそう繰り返していた。

そしてあの日――八月十五日を迎えた。

まさに炎天と呼ぶのが相応《ふさわ》しい、鍋の底で煎られているような炎暑だった。

前夜のニュースで、翌正午に重大発表がある旨が報道されていた。それが陛下の御放送であると知れたのは、十五日の朝になってからだった。

現人神《あらひとがみ》御自《おんみずか》らマイクの前に立たれるという事実に、町の人々は浮足立っていた。私は彼らに向かって、条約を反古《ほご》にしたソ連への宣戦布告に違いないと諭してやった。それは半ば、自分自身に云い聞かせているようなものだった。

結局一睡も出来なかった筈だが、不思議と眠気は感じなかった。纏《まと》わりつくような全身の気怠《けだる》さも、この時ばかりは鳴りを潜めていた。

食欲は無く、それでも何とか薄い粥《かゆ》だけの朝餉《あさげ》を済ませた私は、竹杖を突いて、矢鱈《やたら》に市内を歩き廻っていた。何かしていないと耐えられなかった。

瞬く間に汗みどろになり、肩から下げた水筒の水も殆ど飲み尽くしてしまった。通り掛かった氷屋に寄ろうとしたが、客と主人が御放送について話し合っていたので直ぐに踵《きびす》を返した。その刻《とき》が来るまで、誰にもこの気持ちを乱されたくはなかった。

本当に、茹《う》だるような暑さだった。

十一時三十分ごろ、私は堪《こら》え切れず西陣界隈《かいわい》に戻った。店先にラジオが置かれた大黒《だいこく》町《ちょう》の然る商店には、騒々《ざわざわ》とした人集《ひとだか》りができていた。誰も彼も不安そうな面持ちで、その刻が来るのを待っていた。

ラジオから正午の時報が聞こえると、騒めきは断ち切ったように途絶えた。微かな蟬の声だけが、白く陽の照る往来に響いていた。

妙に間延びした君が代が流れた後、いよいよ御放送が始まった。ざあざあというレコードの針の音が真っ先に聞こえて、私はそれが生の放送で無いことを知った。

酷い雑音の向こうに「ヒジョウノソチヲモッテジキョクヲシュウシュウセン」と聞こえた瞬間、私は日本が敗けたことを知った。その後に続いた「ソノキョウドウセンゲンヲジュダクスルムネツウコクセシメタリ」という文言が、それを確かなものにした。

全身から力が抜けていくのが分かった。

自分の身体ではないように膝が顫え、私は強く竹杖を握った。抑揚の少ない御放送は延々と続いていたが、もう殆ど聞き取ることは出来なかった。唯一耳が拾えたのは、「オモウニコンゴテイコクノウクベキクナンハ」という一節だけだった。

今後――そのたった二文字に、私は思い切り横面《よこつら》を張られたような気持ちになった。戦争に敗れても、紀元二千六百年を誇るこの国が敗けてもなお明日が来るという事実が、私には信じられなかった。

御放送が終わり再び君が代が流れても、誰も動こうとはしなかった。皆、地面に突き刺さった棒のように、微動だにしなかった。彼ら彼女らは敗戦の事実に衝撃を受けているというより、むしろあまりにも巨大なその事実の前に、どう振る舞ったらよいのか戸惑っているような感じだった。

放送員による解説らしき物が始まって、漸《よう》く小母《おば》さんたちが躊躇い勝ちに口を開いた。商店の親仁《おやじ》も、涙を流しながら畜生畜生と地団太を踏み始めた。それが契機となって、私の周りにいる全員が堰《せき》を切ったように喋《しゃべ》り始めた。

もう沢山だった。何も聞きたくはなかった。何かを論ずるには遅すぎたのだ。私は竹杖を握り締めてその場から逃げ出した。

何処をどう通ったのか。途中で抜けた陽炎《かげろう》の立ち昇る白い路地には、耳を劈《つんざ》くような蟬時雨が幾重にも反響していた。

気が付くと、私は自宅の居間にいた。

開け放たれた障子の向こうは、貧相な椿《つばき》が一本だけ生えた猫の額ほどの庭があった。苛烈な陽射《ひざ》しが、縁の欠けた手水鉢《ちょうずばち》を削《そ》ぐように照らしていた。

死のうと思った。否、死ななければならないと思った。御国のためにという大義名分を失った今、私に残された路《みち》はそれしかなかった。

汗臭いシャツを脱ぎ、盥《たらい》に溜《た》めた水で時間をかけて身体を清めた。改めて観察した己の体軀《たいく》は、呆れる程に貧相だった。こんな脆《もろ》い身体ならば苦労せずに死ねるだろうと、私は妙な安堵《あんど》を感じていた。

斑《まだら》に伸びた髭《ひげ》も安全剃刀《かみそり》で丁寧に当たり、一着だけ残してあった真新しい木綿のシャツに袖を通したのち、私は縁側のなるべく近い位置に布団を敷いた。仮令《たとえ》地獄に堕《お》ちるにしても、出来るだけ外に近い方が魂は迷わずに飛んでいけるような気がしたのだ。

自決には、「非常の場合に備えて」と町内会で配られた青酸加里《カリ》を使うことにした。抽斗《ひきだし》に仕舞っていた二粒の白いカプセル錠を取り出し、水で満たしたグラスと共に枕元の盆に載せた。何か書き遺《のこ》しておくべきかとも思ったが、結局ペンは取れなかった。

思いの外準備に手間取り、いつの間にか時刻は四時を廻ろうとしていた。

椿に留まった蟬が、じいじいと騒がしく鳴いていた。幾許かは陽射しも翳《かげ》ったようだが、熱気を孕《はら》んだ風は容赦なく吹き込み、折角の新しいシャツも既に汗が滲み始めていた。

私は布団の上に坐《ざ》し、機械的にカプセル錠を摘まみ上げた。

この小さな二粒で全てが終わるのかと思うと、不思議な気持ちだった。雑多な思いが頭を擡《もた》げ始めたので、私は反射的にそれらを含んだ。そして直ぐにグラスを取り上げ、乾いた舌に引っ付くカプセル錠を喉の奥に流し込んだ。

グラスを盆に戻し、布団の上に横たわる。

小説のなかでは幾度も登場させた青酸加里だったが、最期に自分が嚥《の》むことになるとは思ってもいなかった。青酸加里は、胃酸と反応して生じた青酸瓦斯《ガス》が肺から血液に流入し、酸素よりも強力に赤血球と結びつく。そのため苦しむ間もなく意識を失ってそのまま死に至る筈だった。

瞼《まぶた》を閉じて、実際はどうなのだろうと思った。

矢張り苦しいのか、そうではないのか。息を吸っても呼吸が出来ないというのはどんな感覚なのだろう。不意に或《あ》る考えが浮かびかけて、私は慌ててそれを打ち消した。いかん、いかん、いかん。作品に活かすことが出来ないのは残念だ、と……。

深呼吸を何遍も繰り返し、否応《いやおう》なしに逸《はや》る鼓動を抑えながら、私は来《きた》るべきその衝撃に備えた。

しかし、何も起こらない。

一分が経ち、二分が過ぎ、五分目を迎えても一切の苦悶《くもん》は訪れず、私は相変わらず息を吸うことが出来た。

片手を衝《つ》いて、恐る恐る起き上がってみた。手水鉢に反射した陽が酷く眩《まぶ》しかった。自分でも気付かぬ内に死んでいたのではとも思ったが、そんな滑稽なこともなさそうだった。

目の前で両掌《りょうて》を閉じ開き、顔を触ったりしてみたが、矢張り私は生きていた。

　混乱する頭でその理由を探ろうとして、私は直ぐに或る事実を思い出した。青酸加里は容易に潮解《ちょうかい》し、空気中の炭酸瓦斯を含んで無毒化してしまうのだ。密封されたカプセル錠であるし、何より自決用にと配られた物なので大丈夫だろうと思っていたが、見通しが甘かったのである。

　その時だった。庭の向こうから、あははと笑う子どもの声が聞こえた。

　一瞬だけの、小さな声だった。しかし、呆然《ぼうぜん》と布団の上に半身を起こしていた私は、その瞬間全身の血が滾《たぎ》るのを感じた。

　お前は死ぬことすら出来ないのかと、世界中から笑われたような気がした。

　私は猛然と立ち上がり、卓上にあったペーパーナイフ代わりの小刀を摑んで、左手首に突き立てた。

　錆《さ》びた切っ先が皮膚を裂き、鋭い痛みが腕から脳までを瞬時に駆け抜けた。私は唸り声を上げながら、滅多矢鱈に自らの手首を斬り続けた。疵口からは真紅の血が溢れ、布団には幾つもの紅《あか》い飛沫《しぶき》が飛び散った。

　次第に手が痺《しび》れ始め、私は小刀を握っていられなくなった。跳ねた己の血で、刃先だけでなく右手全体が紅く濡れていた。

　私は小刀を投げ棄てて台所へ向かった。その間も左手首からは血が流れ続け、痺れは強くなっていく一方だった。

棚の奥に仕舞ってあった貰い物のウイスキーを摑み出し、栓を開けてそのまま口を着けた。酒精《アルコール》が身体に入れば、その分血の巡りもよくなって早く死ねると思ったのだ。

喇叭《らっぱ》飲《の》みしたウイスキーは喉を焼くようで、私は直ぐに吐き出した。十分の一も飲めていないが、忽《たちま》ち視界は掻き廻した水面《みなも》のように歪み始めていた。

激しく咳《せ》き込みながらも再び口を付けた刹那《せつな》、突然左手首に激痛が走った。世界の色が反転して、気が付いた時には板の間に倒れていた。

一拍遅れて、床に打ち付けた後頭部が酷く痛んだ。目の前では、横倒しになった罎《びん》から茶色の液体が零れていた。

必死に右手を伸ばして、その首を摑む。肩を使って何とか身体を起こし、壁に凭れ掛かりながら死に物狂いで立ち上がった。激しい頭痛がした。脈打つのに併せて、頭蓋骨の内側から金槌《かなづち》で叩かれているような具合だった。鼓動はこれ以上ない程に速く、先程の転倒で眼鏡も飛んだのか、視界も全くぼやけていた。

それでも、板の間に大きな赤い染みが出来ていることだけは見て取れた。私の血だ。あと少しだと思った。水中のような視界のなかで、左手は肘から下が真っ赤だった。

痺れる右手を何とか振り上げて、私は再び罎に口を付けた。口中に熱い液体が充《み》ち、濃い臭いが鼻から抜けた。二口が限界だった。私はその殆どを吐き出してしまった。身体が拒否しているのだ。喉が閉じてしまったように、これ以上は一滴も入らないことだけは理解出来た。

私はその場に壜を落として、身体の重さだけで前に進んだ。

居間は白い光に満ちていた。いよいよ最期の刻が来たのだと私は理解した。

喉の奥から噫《おくび》が込み上げ、吐き出すと同時に布団へ倒れた。一瞬だけ左手首が痛んだが、感覚は殆ど無くなっていた。それよりも、この激しい頭痛の方を何とかして欲しかった。

俯せに倒れたからか、肺が圧迫されたようで息が苦しかった。右手を使って、何とか寝返りを打つ。一気に呼吸が楽になった。これから死ぬというのに、私にはそれがとても嬉《うれ》しかった。

茶色い天井は、伸び縮みを繰り返していた。茫然とその様を眺めていると、次第に辺りが昏《くら》くなり、頭痛や吐気も潮が引くように何処か遠くへいってしまった。薄まっていく意識のなか、背中に感じる布団の感触だけが妙に鮮烈だった。目には見えない巨大な手で、全身を上から押さえつけられているようだった。

いつの間にか、私は薄ぼんやりとした暗闇のなかにいた。冷たい風がすうすうと頬を撫で、果てしない奈落の底に落ちているような感覚だった。

これが死なのだと思った。

あと五秒もすれば、本当に終わってしまうのだろう。電気のスイッチを捻《ひね》るように、意識が途絶える直前に私が思ったのは――嗚呼、今際《いまわ》の際《きわ》に私が思ったのは、これいい、これを題材にいい、いい、いいまた小説が書けるなということだった。

気が付くと、私は薄暗がりのなかにいた。

仰向けに倒れていることは分かった。反射的に起き上がろうとして、左手が酷く痛んだ。私は呻《うめ》き声を上げながら、芋虫のように身体を起こした。

開け放たれた障子からは、薄い蜜柑《みかん》色の光が茫《ぼう》と差し込んでいた。その途端、思い切り側頭部を殴られるような痛みと共に、肚の底から何かが込み上げた。

這《は》うようにして縁側へ出た私は、その場に腕を衝き、込み上げる物を思い切り吐き出した。灰褐色の液体が黒い土に広がる。息も出来ない。私は全身を使って吐いた。巨大な手で身体を捩《ね》じられるような苦しさだった。それが途切れると、今度は激しい頭痛が私を襲った。木槌を握った金剛力士《こんごうりきし》が、押さえ付けた私の頭を律動的に叩いている滑稽な図が瞼の裏に焼き付いて離れなかった。頭を抱えて唸っていると、再び吐気が込み上げる。その繰り返しだった。

食べた物だけでなく胃液すらも吐き尽くし、終《しま》いには粘っこい唾が唇から滴り落ちるだけになって、漸く吐気は収まった。

顔中を涙と鼻汁と吐瀉物《としゃぶつ》で汚しながら、私はのろのろと顔を上げた。

椿の枝に留《とま》った色の白い小鳥が、長閑《のどか》な囀《さえず》りを響かせていた。赤みを帯びた陽はいつの間にか薄まり、透き通るような朝日が夜露に濡れた手水鉢を燦々《さんさん》と照らしていた。

御放送にもあった通り、皇史の末尾に刻まれる筈だった最悪の一日から、何事も無くひと晩が明けていた。

そして私も、生きてその朝を迎えてしまった。

本当に死ぬ積もりだった。だが、死ななかった。否、死ねなかった。そして、もう死のうとは思えなかった。

罪を償わなければならないという思いは、勿論薄まることも無くこの胸中に留《とど》まり続けた。

しかし、それ以上に強烈な自身の欲求から、私はこれ以上目を背けることが出来なかった。


誰にも知られておらずとも、私は、那珂川二坊は小説家なのである。


平気で矛盾を抱え、時に身の毛が弥立《よだ》つほど悍《おぞ》ましく、それでいてこの上ない愛《いと》おしさも覗かせる不可思議な人間心理の妙を、小気味のいい物語に託して描きたい――初めて筆を執った時から変わらずに抱き続けたそんな思いは、東京から逃げ出して以降も、地中深くに眠る岩漿《がんしょう》のように私の胸の裡《うち》で蠢《うごめ》き続けていた。私はそんな脈動に気が付きながら、厚い蓋を載せ続けていた。

だが、死の淵《ふち》に立ってなお、否、むしろ死の淵に臨んだからこそ得られた、この体験は創作に活《い》かせる筈だという直感が嘘《うそ》偽りない本心であることを、私は認めざるを得なかった。

あなたは、あなたの書きたい物を書けば宜《よろ》しいじゃありませんか——そんな妻の言葉が今更になって甦《よみがえ》った。

矢張り、私は小説を書きたい。書かずにはいられない。

当然、利己的なその思いを冷嘲する眼差しも私のなかには存在した。那珂川二坊という老作家が世間でどう思われているのかは、春先の上海、あの春帆飯店《チュンファンファンディエン》の一室で骨の髄まで思い知らされた。そしてまた、仮令《たとえ》間接的とは雖《いえど》も、人の命を奪ったことに相違はないのだ。それらの事実から目を背けてのうのうと生きていられるほど、私の胆《きも》は太くなかった。

生き永《なが》らえて小説を書きたい——という思い。

いま直ぐにでも自らの命で罪を贖《あがな》うべきだ——という思い。

矛盾するそれら二つに折り合いをつけるため、私は自分で自分を罰することに決めた。

私が望むのはただ、ペンを手に原稿用紙へ向かうことだけだった。そのため必要なのは右手だけだ。だから、出来る限り苦痛を伴う方法で左手を潰すことにした。

北野天満宮は、普段から散歩でよく訪れていた。本殿の廻廊に青銅製の灯籠が吊られているのも、見慣れた光景だった。誅罰《ちゅうばつ》の方法について考えを巡らせた時、真っ先に思い浮かんだのがあの灯籠だった。

しかし、計画の実行までには思い立ってから二週間近くを要した。躊躇いが生じた訳ではない。動くことが出来なかったのである。

無理矢理流し込んだウイスキーは、私の五臓六腑《ごぞうろっぷ》を著しく害していた。濃い酒精や吐き出した胃液は食道の粘膜を焼き、歯を溶かし、更には私の体内で激しい炎症を引き起こした。食物は疎《おろ》か、水ですら喉を通るだけで焼杭《やけぐい》を捻《ね》じ込まれたような激痛だった。私は殆ど物を口にすることが出来ず、床に伏したまま擂《す》り潰した煎り豆と白湯《さゆ》だけで辛《かろ》うじて命を繋《つな》いでいた。

何とか起き上がれるまでに快復したのは、昨夜になってからだった。未《いま》だ重苦しい倦怠《けんたい》感と胸痛は続いていたが、動けるからにはこれ以上引き延ばす積もりは無かった。

天満宮の門は朝の五時に開く。何かの弾みでも右手に灯籠が落ちることはないよう、私は苦労して白布で吊り、縄を切るための小刀を携えて家を出た。京の街並みは未だ眠りの底に沈んでいたが、その景色はこれまでと何も変わりがなかった。

少し歩いただけで忽ち息が切れた。鼓動が速くなると、それに伴って錐《きり》でも刺し込まれるように胸が痛んだ。五歩進んでは休み、また五歩進んでは休むことを繰り返しつつ、私は天満宮を目指した。あまり遅くなると人に見咎《みとが》められるかも知れなかった。私は枯木のような両脚に鞭《むち》打って、出来得る限りの速さで薄明の路地を進んだ。

幸い、境内に人影は無かった。

上がった息を収めながら、私は小刀の鞘を払い、背伸びをして軒先の縄に刃を立てた。灯籠の重量に張り詰めていた縄は、二回切り付けただけでゆっくりと解れ始めた。

私は思わず安堵の息を吐いた――それがよくなかったのだろう、不意に視界が歪んだ。

目の前の世界がゆっくりと渦巻き始め、あっと思った時には地面に膝を衝いていた。

顔を上げると、白い靄《もや》の掛かった視界では灯籠が大きく揺れていた。

今度こそ上手くいく筈だ。私はそう信じて、左手を大きく突き出した。

そして、何も分からなくなった。

◉

私の告白を聞き終えた青年は、淡々とした口調でそうですかと呟いた。

「氷砂糖を口に入れたこと、先生は僕を恨んでいますか」

「そんなことはない。君は何も悪くないんだ。感謝しているとも」

「ならば、もう一回同じことをしますか」

根元まで煙草を喫い切って、私は吸殻を遠くに放り投げた。

「分からない。怖くなった訳じゃないが、もう身体の方が保《も》たんかも知れないから」

青年は緩く煙を吹き上げ、そうですかと繰り返した。

屋根の上では、相変わらず雲雀が啼いていた。私は腹の上で指を組み合わせ、大きく息を吐いた。

ら億劫《おっくう》だった。

兎《と》に角《かく》、草臥《くたび》れたのだ。指先の血管にまで鉛が詰まったようで、もう立ち上がることす
僕は不思議なんですと、青年は呟いた。

「八月十五日を契機に、新聞各紙は掌を返して軍部を批判し始めました。曰《いわ》く、軍部の圧力に盲従して来た自分たちを恥じているんだそうです。それに今や東京じゃあ、鬼畜米英を叫んでいた連中が諸手《もろて》を上げて進駐軍を受け容《い》れているらしいんですよ。何と云いますか、腹立たしいのを通り過ぎて、僕には分からないんです。そんなことをして恥ずかしくないのかって」

ただですねと続けてから、青年の視線は少しだけ虚空をさ迷った。

「よく考えてみたら、その恥知らずで厚顔無恥な連中のエネルギーこそ、これからの日本を作っていくのかも知れん訳です。だってそうでしょう？　明治の廟堂《びょうどう》に顔を連ねた連中だって、御維新を機に開国和親に鞍替《くらが》えした攘夷《じょうい》派連中ばかりじゃありませんか。何て云ったって、我が国の初代内閣総理大臣は、英国の公使館に火を点けた男なんですから。そんな生き馬の目を抜くこれからの世界でやっていくには、先生は一寸純粋過ぎるのかも知れませんなあ」

「どうだろう。私には分からんよ」

私は青年の顔も見ずに云った。もうどうでもよかった。全てが面倒くさかった。

「生きていればいいじゃあありませんか」

短くなった煙草を揉み消しながら、青年は此方を一瞥した。

「実際の所、僕はそこまで真剣に考えられる先生が羨ましいんです」

「冗談だろう」

「いやいや、本当ですとも。どうも僕は、列外者の意識が強くていけませんから」

色の薄い青年の唇に、微かな笑みが滲んだ。

「どうしてなのかな。どうも僕は、常に離れた場所から物事を見る癖が付いているんです。両親を亡くして預けられた親戚の家でも、団欒《だんらん》に加わりながらそれでいて心は何処か別の所にあって、そんな自分を醒めた目で見ているような」

だから列外者なんですと青年は繰り返した。

「ご覧の通り貧弱な身体つきですから、体操や教練でもよく云われたんですよ、『山田《やまだ》、列外へ！』ってね。初めはナニクソと思いましたが、次第にそれもいいんじゃないかって思うようになりました。ねえ先生。いい言葉だと思いませんか、『列外へ』っていうのは……」

列外へと、私は声に出して呟いてみた。

不意に、胸が軽くなった。

どういう理屈なのかは分からない。ただ確かに、長らく感じたことのなかった清らかな風のような物が私の胸の裡を吹き抜けていった。

私はもう決して長くはないだろう。自分の身体だから分かる。落語の『死神』に出て来るあの寿命の蠟燭《ろうそく》は、もう一寸《いっすん》も残っていない筈だ。

それでも、未だ辛うじて生きている。最早《もはや》生者とは呼べない。しかし死者でもない。その何《いず》れにも含まれない、道から外れた列外者として生きている。

列外者――この三文字は私に新しい路を、今日から私が進むべき、仮令短くとも確かにある路を示して呉れた。

もう一度だけペンを執ってみようと思った。

恐らく、これが最後になるだろう。題材は――私の人生などどうだろうか。波瀾《はらん》万丈とまでは云えないが、それでも傍目には中々《なかなか》起伏に富んだ、面白い道のりだったかも知れない。

思い返せば、紅葉先生を初めとして色々な人間にも会ってきた。そのなかには、歴史に名を刻むであろう者もいた訳だが、そんな彼ら彼女らも結局は私たち市井《しせい》の人間と変わらなかった。ひと皮剝けば、誰もが皆、その胸中には時に愛おしく時に悍《おぞ》ましい、不可思議で妖しい心を抱いていた。数日前までは帝国と呼ばれていたこの国にそんな人々がいたという事実を書き残すことが、若しかしたら私に残された最後の御役目なのかも知れない。

あのうと青年が躊躇い勝ちに口を開いた。

「もう一本だけ喫ってもいいですか？」

「勿論だとも」

青年は喜色を浮かべて新しい紙巻を咥え、一本だけ残った金鶏の紙箱を丁寧に背嚢のなかへ仕舞い込んだ。名前を尋ねようとした私の視線の先で、「山田誠也《せいや》」と書かれた背嚢の名札が風に揺れていた。

蟬の声がひと際大きくなった。

今日もまた暑くなりそうだった。

「帝国妖人伝」――五人目、山田風太郎《ふうたろう》

参考文献一覧

◉**第一話**

北大路魯山人『春夏秋冬　料理王国』２０１０、中央公論新社

北大路魯山人（平野雅章編）『魯山人味道』１９９５、中央公論新社

京都国立近代美術館他編「北大路魯山人展」図録、１９８８

京都国立近代美術館他編「北大路魯山人の美　和食の天才」図録、２０１６

白崎秀雄『北大路魯山人（上）（下）』２０１３、筑摩書房

◉**第二話**

杉山龍丸『わが父・夢野久作』１９７６、三一書房

夢野久作『夢野久作全集２』１９９２、筑摩書房

夢野久作『夢野久作全集11』１９９２、筑摩書房

◉**第三話**

阿部博行『石原莞爾　生涯とその時代（上）（下）』２００５、法政大学出版局

伊藤金次郎『新装版　陸海軍人国記』２００５、芙蓉書房出版

芝健介『ヒトラー　虚像の独裁者』２０２１、岩波書店

高田博行『ヒトラー演説　熱狂の真実』２０１４、中央公論新社

中村真人『新装改訂版　ベルリンガイドブック　歩いて見つけるベルリンとポツダム13エリア』２０１９、ダイヤモンド社

半藤一利他『歴代陸軍大将全覧　大正篇』２００９、中央公論新社

平井正『ゲッベルス　メディア時代の政治宣伝』１９９１、中央公論新社

◉第四話

上坂冬子『男装の麗人・川島芳子伝』１９８４、文藝春秋
楳本捨三『妖花　川島芳子伝』１９８４、秀英書房
大坪かず子『信濃の伝記シリーズ①　川島芳子』１９８９、郷土出版社
川島芳子『動乱の蔭に　川島芳子自伝』２０２１、中央公論新社
久保田知績『上海憲兵隊』１９５６、東京ライフ社
木之内誠編著『増補改訂版　上海歴史ガイドマップ』２０１１、大修館書店
穂苅甲子男編著『真実の川島芳子　秘められたる二百首の詩歌』２００１、プラルト
渡辺龍策『川島芳子その生涯　見果てぬ滄海』１９８５、徳間書店

◉第五話

伊藤忠夫『京都空襲　８８８８フライト　米軍資料からみた記録』２０２１、京都新聞出版センター
大佛次郎『大佛次郎　敗戦日記』１９９５、草思社
暮しの手帖編集部編『戦争が立っていた　戦中・戦後の暮しの記録　拾遺集 戦中編』２０１９、暮しの手帖社
久津間保治『語り伝える京都の戦争②　京都空襲』１９９６、かもがわ出版
関川夏央『戦中派天才老人・山田風太郎』１９９８、筑摩書房
中央公論新社編『少女たちの戦争』２０２１、中央公論新社
山田風太郎『戦中派虫けら日記　滅失への青春』１９９８、筑摩書房
山田風太郎『新装版　戦中派不戦日記』２００２、講談社
山田風太郎『半身棺桶』１９９８、徳間書店
山田風太郎『風眼抄』１９９０、中央公論社
山田風太郎『死言状』１９９８、角川書店

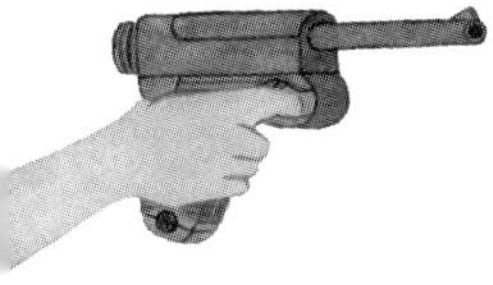

本作品はフィクションです。また作中には「支那」「チャンコロ」など、歴史的経緯や今日の人権擁護の見地に照らせば不適切と思われる差別的な呼称、表現を使用した箇所があります。しかしそれらは、作品の舞台となる明治三十六年から昭和二十年までの我が国及び諸外国の社会のありようや時代性に鑑み、当時の実情を描く上で必要であるとの判断から使用しています。御了承下さい。

（著者／編集部）

伊吹亜門《いぶきあもん》

1991年愛知県生まれ。同志社大学卒。2015年「監獄舎の殺人」で第12回ミステリーズ！新人賞を受賞、18年に同作を連作化した『刀と傘』でデビュー。同書で第19回本格ミステリ大賞を受賞。他の著書に『雨と短銃』『幻月と探偵』『京都陰陽寮謎解き滅妖帖』『焔と雪　京都探偵物語』がある。

〈初出一覧〉

第一話　長くなだらかな坂　「STORY BOX」2021年7月号
第二話　法螺吹峠の殺人　「STORY BOX」2021年11月号
第三話　攻撃！　「STORY BOX」2022年8月号
幕間　書き下ろし
第四話　春帆飯店事件　「STORY BOX」2023年7月号
第五話　列外へ　書き下ろし

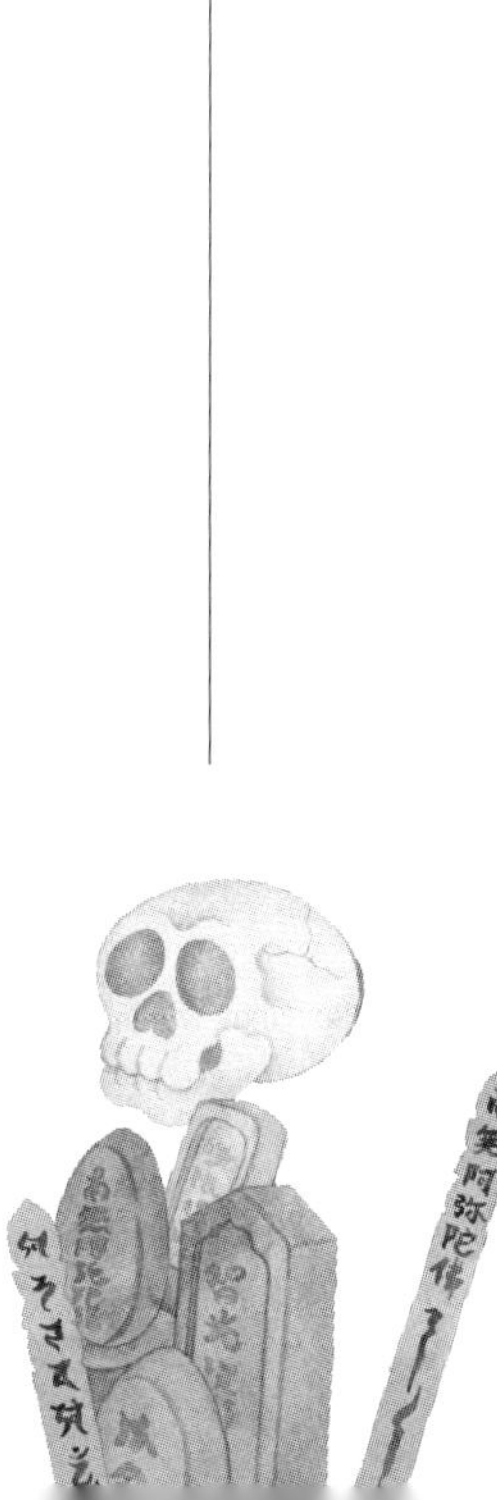

本書のテキストデータを提供いたします

視覚障害・肢体不自由などの理由で必要とされる方に、本書のテキストデータを提供いたします。こちらのＱＲコードよりお申し込みのうえ、テキストをダウンロードしてください。

帝《てい》国《こく》妖《よう》人《じん》伝《でん》

二〇二四年二月二〇日　初版第一刷発行

⦿著者　伊吹亜門
⦿発行者　庄野 樹
⦿発行所　株式会社小学館
〒一〇一-八〇〇一
東京都千代田区一ツ橋二-三-一
編集 〇三-三二三〇-五九五九
販売 〇三-五二八一-三五五五
⦿印刷所　萩原印刷株式会社
⦿製本所　株式会社若林製本工場

ISBN978-4-09-386702-3

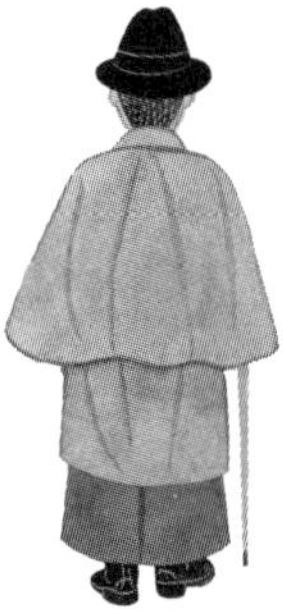

TEIKOKU
YO-JIN DEN

by
Ibuki Amon